AF192371

Robert Müller

Das Inselmädchen

Irmelin Rose

Zwei Erzählungen

Robert Müller: Das Inselmädchen / Irmelin Rose. Zwei Erzählungen

Das Inselmädchen:
  Erstdruck: München, Roland, A. Mundt, 1919
Irmelin Rose:
  Erstdruck: Heidelberg, Saturn-Verlag Hermann Meister, 1914.

Neuausgabe mit einer Biographie des Autors
Herausgegeben von Karl-Maria Guth
Berlin 2017

Umschlaggestaltung von Thomas Schultz-Overhage unter Verwendung
des Bildes: Paul Gauguin, Frau mit Blume, 1891

Gesetzt aus der Minion Pro, 11 pt

Verlag: Henricus - Edition Deutsche Klassik GmbH
Mörchinger Str. 33, 14169 Berlin, info@henricus-verlag.de
Druck: Libri Plureos GmbH, Friedensallee 273, 22763 Hamburg

ISBN 978-3-86199-911-9

Bibliografische Information der Deutschen Nationalbibliothek

Die Deutsche Nationalbibliothek verzeichnet diese Publikation in der
Deutschen Nationalbibliografie; detaillierte bibliografische Daten sind
im Internet über www.dnb.de abrufbar.

Das Inselmädchen

Von allen Erscheinungen der Insel, die ihn beunruhigten, versöhnte den Belgier Raoul de Donckhard das Mädchen auf der Südklippe der Insel zuerst.

Über den Bruchrändern der bassinblauen Muschel der Bucht quoll malachitgrün das Meer, stand Augenblicke wie ein schartiger dicker Stein und zerspähnte sich, bei näherem Hinsehen bewegt, in lange Kammspiralen, die tausendflächig geknittert verkräuselten, von einer unendlich walzenden Maschine aus der Unendlichkeit geschält. Raoul de Donckhard ließ die Bewegung rings um sich wieder narbig versteinern, indem er den Blick von ihr hob. Die Insel lag da wie ein aufgeklapptes Gebiss auf einer Etagere; leer und scharf. Ein blauer Gaumen, unterwölbte sie die Muschel der Bucht. Raoul empfand Abscheu vor diesem Anblick. Die Einsamkeit von Weite und Meer hatte sich zu einem knirschenden Wink gefestigt, ihr Ausdruck war diese weitläufige Klippe.

Raoul nahm das Seeglas vor die Augen. Der harte Schrei fuhr auseinander zu einem Nebel von Linien und Flecken, Raoul schraubte, da gerann es, setzte sich ab in deutlicheren Stufen des Lebens. Die Klippe war leer, aber nicht tot. Aus der Heftigkeit, mit der sie über die Oberfläche gesetzt war, strömte an geborgenen Stellen ein zärtliches Dasein.

Raoul setze ab und blinzelte. Sofort begann der Wellensteinbruch um ihn in Milliarden von Flächen zu zerfallen, arbeitete sich in unendlichfachen Schuppen ab, blätterte, verwitterte augenfällig. Raoul schloss die Augen und sah die Insel und ihre junge Geschichte vor sich.

Auf der Insel war eine blendende, aber zähe Vegetation ausgebrochen. Eines Tages hatte der Meergrund, von einer inneren Wallung getrieben, die Spitzen durch das Meerende oben gestoßen. Das Meer schwoll ab, wie von einem heißen Loch geschlürft. Die Krusten des Meerbodens brachen bei dieser furchtbaren Anstrengung, die kunstvoll gesammelten Korallenbänke zerpulverten an der pressenden Bewegung, die von tiefen Feuermuskeln auf sie überzitterte. Schwarzblasse Tangurwälder starben im kochenden Sonnenschein und aschten die Ritzen der jungfräulichen Insel, die Verwesung von Fischleichnamen schuf winzige Gärten der Fäulnis, die der herabprasselnde Tropenregen mit unzähligen Händen als Teig der Schöpfung um die ganze Insel knetete. Er stampfte ihn fest, die Sonne gab ihm Halt. Begehrende Erde streckte ihre Schöße, wenn der schwertragende Samenwind von weiten Kontinenten über sie hinschlüpfte und seine feinen Lasten in sie niederließ. Aber Wind und Regen, die Gründe und schräge Hänge und flachen Felder beflorten, wetzte auch die erste furchtbare Verwirrung des Durchbruchs hinweg. Wie schrecklich hart und planlos hier trotzdem noch alles lag! Man konnte am gerechten Sinn der Natur verzweifeln; nur eine starke einfache Idee konnte hier Gerechtigkeit, Form und Wachstum schaffen. Und die Natur, die ihren Anfang so drastisch darbot und die Reste davon unerschrocken aufrecht erhielt, hatte auch diese Idee.

Raoul sah klar vor sich: die Idee. Am Rand und innerst der Insel quetschten polstrige Blöcke die Backen aneinander. Furchtbarer Druck hatte große reine Flächen geschaffen, deren Kanten Meerorkane entschärften. Die Hundertmeter-Erhebungen brachen spitz und steil empor, kleine ausgeprägte Vulkantürme und nichts anderes als zu diesem Zwecke, Rauchschäfte, Essenausgänge; ein gemeiner Winkel herrschte hier vor, eine rücksichtslose Absicht nach oben auch jetzt noch, da alles erloschen war. Von dieser Urabsicht und ihren Bleibseln ging nun wohl die Natur aus. In dieses langsam zu einer organischen Ordnung zerfallende Chaos setzte sie eine gerechte Idee, die sich nicht vollkommen frisch gebärdete, sondern von älterm Willen nährte. Die Natur hält auf Übergänge. Sie setzte eine Vegetation ein, die jene reine Fläche und den übertrieben spitzen Winkel beibehielt, zwei maßlos einfache Prinzipe. Die Baumformen der Insel waren anfängerhaft. Sie wuchsen steif aus der Erde und setzten erst hoch oben Äste an, deren Beblätterung längs des Stammes behälterartig emporstrebte. Ein seltsames Gewächs, eine riesenhaft dicke Distel, knickte ihre Seitensprossen starr nach oben, trug die vollroten Köpfe der Blüte wie die Flammen eines streng geregelten Armleuchters. Die erste Neigung, in die Breite zu gehen, war hier im Kampf einer Natur mit sich selbst zugunsten eines älteren Inselprinzipes gezüchtigt. Raoul vergegenwärtigte sich das lähmende Grauen, das ihn überfiel, so oft er durch den Dschungel der Armleuchterpflanze zu schreiten hatte. Er empfand die gerade Linie, die in den weichen runden Mond hineinwuchs, als faszinierend, aufsaugend, erkältend. Nach oben geschlossen, Gestalten mit vermummten Köpfen, waren die von dem selben Grundsatz hypnotisierten Palmen, die dieser Insel entwuchsen, dabeigestanden.

Steinbäume schlugen ins Blau. Basaltene Sträucher drohten, ein Gewissen der Überlieferung, zum abgearteten Leben verurteilter Grundsatz,

Meerweltmotiv, das in Korallenbarrieren vorgelebt haben mochte. Erzenes Adergezweig ahmte in unergründlicher Sehnsucht die Zeichnung nach, die der Wellengang auf der Meerfläche abschlägt. Zäh schlug die Zelle altvorderem Gestaltungstrieb der Welle nach. *Die Insel war von der Rasse des Meeres.*

Das Zerfallen des Meeres in Flächen war nutzlos. Aber aus den selben Motiven schuf das Meer, Insel geworden, die Typen der Insel, die sie emporbringen sollen, aus reiner Fläche und spitzem Winkel. Erst eine andere Kraft und Überlieferung, dem Meer an Macht und Adel gleich, der Wind, wird anfängerhafte eckige Jugend, Flegeljahre der werdenden Natur, ausgleichen, modellieren und verbreitern.

Raoul sah ein, dass aus der Verwirrung und Beiläufigkeit des Durchbruchs nur eine einfache und harte Idee zur Gerechtigkeit führen konnte. Das neue Leben nahm seine Form vom Toten. Das Tote hatte ihn an dieser Landschaft inmitten schmiedender Hitze kalt bis in die Zunge werden lassen. Er unterdrückte seinen Ekel und anerkannte das Gerechte, das die Natur vorwollte.

Einfach wie ein Kind setzt sie Striche, um eine Ordnung herbeizubringen; dünne riesige Pilze, das waren die Bäume, eine erschreckend simple Landschaft; genug, diese versorgte die Menschen, die von Festländern aus durch Wasser auf sie gedrungen waren. Männer standen Schulter an Schulter in hochgeschwungenen Kähnen, Weiberscharen mit aus den Busen und von den Hüften quellenden Kindern zu Füßen. Mädchen kauerten sich über das Lieblingshuhn, Tauben mit Radaugen saßen Kriegern auf den Schultern und flatterten gegen die Luftwirbel. Der Männer ästig gewachsene Lanzen mit den unebenen Steinsplitterspitzen starrten verkreuzt wie nackte Zeltspieren über das flößende Lager, der Wind fasste sich im Rudel der Stöcke wie in einem Segel und trieb überfüllte Boote an eine Küste, während die Blicke der Insassen noch scheu nach rückwärts loteten, ob die Zornmächte ihrer Urheimat ihnen im Kielwasser folgten.

Sturmhiebe aus der Tiefe des Landes, wandernde Wasserdämme von meerwärts trieben ein großes Volk, als alle Erde dort sich unter Wolkenbrüchen und Flussschwellungen zu gelben Milchfluten quirlte, auf die tanzenden Boote. Tausend Boote kippten in der Schale einer hohlen Woge lautlos um und versenkten mit einschläferndem Schrecken ihre Menschenladung; andere saugten langsam, trugen über Flutsäulen und Wellengrate treu hinweg und schluckten plötzlich irgendwo im stillsten

Wasser; Menschen griffen ihren langen Schreien nach, als könnten sie sich an ihnen halten. Die Haie sonnten an diesen Tagen ihre Bäuche. Aber die andern Dutzend Boote blies ein freundlicher Wind an den Stöcken in die Bucht. Seither gilt die Steinscherbenlanze als heilig. War es nicht derselbe Wind, der spät, nachdem die Insel von Kadaveroasen gedüngt und der Leichenhumus in rastloser Arbeit geglättet war, Samen von Kontinenten und anderem Geinsel gebracht hatte? Ein Taifun in asiatischen Meeren saugte Insektenschwärme und Vögel an und führte sie jenseits von stillstehenden Luftbänken über den Erdquadranten, wie Wein in einem Stechheber, bis er flau wurde und alles auf die Insel fallen ließ. Aus den intakten Eiern der ohnmächtigen oder erdrückten Weibchen entstand eine Tierwelt. Diesmal beschämte der Wind die Insel mit Menschen.

Seither gilt der Wind höher als Gott denn jemals, und sein Sausen in den steinernen Lanzen wird angehört. Das muss wahr sein, denn so erzählt es die Mythe der Insel. Als Beweis dessen steht in der zerklüfteten Nische eines alten Kraterbruchs ein Hain von heiligen Lanzen. Raoul de Donckhard schraubte sein Glas und konnte ihn unter der Spitze des steilsten und höchsten Kegels ausnehmen. Wieviel hundert und tausend Jahre waren seitdem vergangen? Die Menschen hatten sich angesiedelt und angepasst. Sie bauten, erfanden, zeugten, fischten, kämpften und lachten viel. Es war eine Auslese von Glücklichen und Geretteten. Das sanfte und erlöste Lächeln von damals, als die Vorfahren nach stumpfen Tagen und Nächten in der blauen Muschel der Bucht landeten, war ihnen geblieben. Es blieb auch, als fließende Inseln mit symmetrischen Wolken vor den sanftesten Winden daherkamen und Boote abstießen, und schaurig anzusehende blinkende Männer mit Haifischgesichtern und harten Schuppen an den maßlosen Leibern an Land klirrten. Die Inselbewohner hatten wenig fremde Feinde gesehen und ihr ganzer üppiger Kampf war auf Privatstreitigkeiten beschränkt geblieben, nur die Knappheit an ausgiebigen Großtieren ließ ihre Mägen kriegerisch knurren. Ihre Steinlanzen standen längst oben in der Götterspalte unter der alten Vulkanhaube. Sie hatten jetzt kleine Lanzen aus Holz mit einem stark verzierten und nicht ungefährlich gekanteten Blatte. Metall gab es auf der Insel nicht, der brüchige Stein eignete sich wenig zur Behandlung, sie bearbeiteten zäh und erfinderisch Holz mit Holz und Kies.

Aus der Urzeit sprangen sie gleich und frisch nach dem ersten ungeübten Staunen – sie hatten ja wenig Gelegenheit dazu – in eine hochentwickelte Metallperiode.

Sie lächelten noch, als eine bisher sanft gestimmte Mythe zur Geschichte wurde. Sie wandten ihre Holzspeere gegen die Schuppenpanzer und Sturmhauben der Fischmänner kaum erst an, sondern weil sie kein Bedürfnis danach hatten. Sie zitterten, als die schwimmende Insel mit den ganz schmal gewordenen Wolken. Bei deren Anblick ein oder der andre offene Kopf mit aus Betäubung erwachender Dengeln nach dem heiligen Lanzenhain blinzelte, zu donnern begann und ein runder rauchender Stein, dessen Hitze ihnen die Haaren versengte und dessen unanständiges Winseln sich ihnen mit dunklen Ahnungen auf den Magen legte, knapp über ihren Köpfen dahinschlingerte.

Die Fischmänner gingen auf ihren Inseln, die sich bald als ausgewachsene und erstaunlich gescheite Kähne verstehen ließen, nach einiger Zeit wieder in einer wunderbaren Tracht von Wolken ab. Sie ließen Tand und Wonne zurück und nahmen die blassen festen Früchte der Muscheln mit, die Geschlechter der Inselbewohner mit zusehends gestählten Organen, mit aussparender Technik der Bewegungen und des Atmens zutage gefördert hatten. Der zurückgelassene Tang bei ferneren Besuchen der Schuppenmenschen und Haifischgesichtern vermehrt, an Formen ergänzt, verdünnte durch die neuen Erregungen, die er schuf, geradezu die Nerven des bisher ruhig und gleichförmig lebenden Inselvolkes. Die Taucher gingen jetzt öfter des Tags hinunter in den Kies des aufgebrochenen Meerbodens, wo die Tiefe klar war, innerhalb der Bruchränder der Golfmuschel, diesseits der Grenze der das Meer grün färbenden Tangurwälder. Einige aber übernahmen sich, ermüdeten und kamen geplatzt an die Oberfläche. Ihre Augen hatten allen Glanz verloren und waren zu blutigen Schwämmchen eingefallen, sie hingen wie schlaffe Beutel heraus. Aus den Ohren, Nasenlöchern und zwischen den Nägeln krochen offene Adern hervor. Die Inselbewohner sahen es an, heulten, schüttelten die Schultern, die Weisen gaben abgeklärte Reden, aber alle lächelten sie noch immer; nur war es jetzt ein anderes Lächeln. Die Skeptiker erinnerten sich mit tiefen Falten in Gesicht und Seele an die schwimmende Insel die sich als ein großes Kanu entpuppt hatte und an den Schwindel mit den Wolkenmasten – irgendein Geheimnis des Stammes, der nach der Mythe mit Windlanzen gekommen war, musste da verlorengegangen sein – und sahen zu den Lanzen der Alten empor, die eines Tages vom Berg wieder in die See wandern würden.

Jahre vergingen. Die Fischmänner kamen wieder, immer wieder und stiegen nach und nach aus ihrem Schuppenkleid; große, prachtvoll gefaltete Matten ruhten jetzt um ihre Häupter und Glieder. Das an Formen ausgehungerte Inselvolk konnte tagelang knien und sich mit schwimmenden Lustaugen in den Gang dieser großen Schurze und Kopfbedeckungen verlieren. Die Linien, mit denen es seine Holzgeräte bisher verziert hatte, waren winkelig gewesen, steil auffallende Strichordnungen, Motive von Fiederungen, barocke Verästelungen, ins Unendliche fortgespielt. Jetzt kam plötzlich ein neuer Geschmack auf, den die alten Künstler heftig bekämpften und als Dekadenz und Ausländer brandmarkten. Aber die jungen Geschlechter siegten wie immer und datierten eine neue weichere und vielseitigere Kunst von dieser fremden Befruchtung her. Die Körpertätowierung bewegte sich in neuen umschließenden Rhythmen, die Beziehungen zwischen Schmuck und Körper vertieften sich, aus dem Kunstwerk als Anhängsel wurde Entfaltung. Das ältere Geschlecht von Inselleuten lachte über diese neumodische Ausdruckskunst, aber den Jungen war es heiliger Ernst. So wirkten die Trachten der europäischen und amerikanischen Seefahrer zuerst auf die Phantasie des Inselvolkes. Mancherlei neue Geflügelarten und kleine Tiere, wie Ziegen und Hunde, kamen ans Land und vermehrten sich; auch die Ratte, die es auf der Insel bisher nicht gegeben hatte. Diese entwickelte sich besonders kräftig und bevölkerte nach vielen Geschlechtern die Insel als ein großes schenantes Tier, das neben der scheuen einheimischen Schildkröte die Jagdinstinkte der Jugend blank hielt.

Nach den französischen Missionären, die eines Tages dauernd von der Insel Besitz ergriffen hatten, kamen als Folge irgendeines politischen Kuhhandels portugiesische Offiziere und Beamte, besserten das Palisadenkloster am Südvorsprung der Insel zu einem Kastell aus, füsilierten anstandshalber ein paar vornehme Familien und machten aus der Insel ein etwas heißeres und noch gelangweilteres Portugal.

Das war die Geschichte der Insel. Zwischen ihrem Anfang und ihrer Gegenwart bestanden möglicherweise bloß Jahrtausende. Über diese Zeitspanne hinweg, die von französischen gelehrten Kuttenträgern in einer Zelle des Palisadenforts nach sorgfältigen Forschungen und in zeitraubenden verliebten Gedankenketten aufgezeichnet war, blickte jetzt Raoul mit einem An- und Absetzen seines scharfen Zweiglases. Vor dem unbewaffneten Blicke lag die Insel noch immer als die nackte Klippe da, als die sie aus Meerversunkenheit gestiegen war, der steinerne Rest einer nutzlosen schönen Naturgewalttat. Im Glase schnellte sie zu einer üppigen, aber etwas starren Pracht auseinander, zu einer ernsten frugalen Vegetation, einer glanzlosen bohrenden Tropenlandschaft.

Raoul de Donckhard richtete das Glas auf die Bäume der Insel, auf die weiten Streifen Land mit Armleuchterpflanzen bedeckt, die ihm stets wie das Zeichen des Unaussprechlichsten der Insel erschienen. Er stieg durch sein Glas auf die Insel, über Zeiten wie in einem vollgeräumten Keller hinab, um Ordnung zu machen – nicht in der Natur, die sich einfache und harte Ideen dafür zurechtlegte, sondern um seine Gedanken über sie Insel zu sichten.

Er vermisste Zwischenglieder zwischen den Formen seines geschliffenen und übergangwilligen Denkens und der Landschaft. Seine Gedanken trugen das Laub einer anderen Zone und breiteten sich mächtig allseits aus. Sein Innenleben dehnte sich vielstreckig in Wölbungen, nicht wie die Tendenz dieser Insel in baren Erstreckungen; sein Weltbegriff war ein volles Ein- und Ausatmen des Weltalls. Wie der Gockel vor dem Kreidestrich war er von soviel Konsequenz des Seins fasziniert, aber auch unbefriedigt. Inmitten der Fülle des Tropischen empfand er dessen Armut und Einseitigkeit und entgleiste in der ersten Woche seiner Ankunft.

Er befand sich unter jenen neutralen Gendarmerieoffizieren, die mit Zustimmung der amerikanischen Regierung nach der Insel berufen worden waren, um die Eingeborenenunruhen zu dämpfen. Von portugiesischer Seite waren bei der Niederwerfung Ausschreitungen vorgefallen, die dem Geiste der ›internationalen Staatenliga für Kolonialkultur‹ zuwiderliefen. Raoul sollte zugleich Aufsichtsperson und gegenüber den portugiesischen Behörden ein gehorsamer Funktionär sein. Er hatte sich in seiner Eigenschaft als Kapitän der belgischen Gendarmerie eben in das internationale Kongo gemeldet, wohin ihn nordische Sucht nach Extremen und nach Wandlungen des Lebensbildes einbildungsmäßig schon früh getrieben hatte. Jetzt sattelte er beschleunigt um; in Vorbereitung seiner afrikanischen Karriere hatte er sich auch mit portugiesischen Kenntnissen versorgt, für die im portugiesischen Angola Absatz war. Der Gedanke in den Tropen, in unmittelbarer Berührung mit der wildesten Natur und mit dem Urmenschen zu arbeiten, stand als Leidenschaft hinter seiner Vorbereitung.

Er besaß, als er endlich im Januar 19.. in die Tropen kam, vom Stofflichsten bis zum Sublimsten vom sportlichen Modeartikel bis zu einem Schatz geographischer Gelehrtheit und beträchtlicher körperlicher Eigenschaften alles, was ein Europäer besitzen kann, der den Äquator noch nicht kennt.

Zu dem Hauptteil seiner Aufgabe kam er natürlich zu spät. Der Aufstand, dessen Aufflammen ihm nach dem ersten Eindruck von der Harmlosigkeit einer kindlichen Rasse unverständlich wurde, war niedergeworfen, die Spuren des Blutbades, das die Portugiesen angerichtet haben sollten, verwischt. Der Aufstand der Inselleute schien in den pathetischen Blättern Lissabons ebenso aufgebauscht worden zu sein wie nachher die Racheakte der Inselherren in den sentimentalen Tageszeitungen Washingtons und Bostons. Raoul de Donckhard meldete sich beim Gouverneur Don Calgareos und stellte sich zur Verfügung; er wurde als Bureauoffizier eingeteilt und versah einen aktenmäßigen Dienst, an dem nur die Amtsstunden exotisch waren.

Er war als psychologischer Tierbändiger gekommen, er hatte erwartet, Menschenfresser mit Maschinengewehren und überlegener Menschenkenntnis in Zucht nehmen zu dürfen. Er machte jetzt Eingaben und schrieb Ziffern mit einer von Wärme sauer riechenden Tinte. War es diese Enttäuschung, die ihn verzweifeln ließ?

Raoul de Donckhard war brav gewachsen, voll und hatte Züge von jener kurzen Verfestigung der Unterpartie, wie man sie bei Briten und Holländern beobachten kann, aber er war Belgier. Er gehörte zu einem Typus, der sich allmählich im Westen Europas herausbildet und über den Norden nach dem Osten verbreitet. Dieser ist keltischer Herkunft und besteht in einem Gezeichnetsein von unwirksam gewordenen Ermüdungen, von einer Sorge, die im Kopfe, nicht im Gemüte ihren Sitz hat, von einem zerebralen Kummer, der um die geistige Bewältigung materieller Probleme entsteht, und den man bei hochstehenden Kaufherren, Ingenieuren, Kriminalpsychologen und Sportsleuten findet. Diese Züge sind eine Folge gedanklichen Trainings.

Er hatte sich mit Urkräften ringen sehen und blätterte beschriebenes Papier um. Bilder von Menschheit, Erde und Kultur, von unbegrenztem Bauen und Formen, von Zukunftsvölkern, von neuartigen menschlichen Zusammenschlüssen füllten sein Gehirn aus, als er in der Barkasse ans Land stampfte. Er hielt zwei Tage stand, unterjochte alle Eindrücke seinen hartnäckigen Vorurteilen, ordnete sie um ein europäisches Lebenszentrum in seinem Innern und brach am dritten Tag wie in einen Hohlraum unter sich ein. Das Tempo und die Richtung außen waren stärker als seine mitgebrachte innere Tropenausrüstung.

Er konnte nirgends anknüpfen. Er konnte weder denken noch träumen, nach dem ersten Anlauf der Gesamteindrücke setzten alle Beobachtungen einfach aus, er schrumpfte ein aus sinnlicher Unterernährung. Dargebotenes lehnte sein Zustand ab. Eine Woche arbeitete er im Bureau und nur im Bureau, wie ein Maniak, ohne sich von der Insel etwas anderes anzusehen, als was der Unterrichtung diente und auf dem Wege zwischen dem Bureau, dem Offizierskasino und seinem Bungalow lag. Er arbeitete, wenn er nicht gedankenlos lange Schläfe bevorzugte, arbeitete, um den Betrieb zu erobern und von diesem Standpunkt aus und nach Erledigung des Einzeltechnischen ins Allgemeine und Große, in die persönliche Aufgabe hinauszusegeln. Er erledigte Referate nach allen Weltrichtungen, saugte mit dem Heißhunger des Ventilators, wie er sich mit messingenem Ton auf einem Gestell bei seinem Schreibtisch drehte, Papierstöße auf, brach die Dinge, die zu begründen waren, mit einem knallfrischen Urteil, dem man noch das europäische Lager anroch, übers Knie und musste es später, wenn es Vorgesetzte passiert hatte, in ein landläufiges Tempo übersetzt wiederfinden, das ihm wie eine Ohrfeige ins Gesicht ging. Er versuchte kleine Reorganisationen in seinem Arbeitsraum, auf seinem Tisch, bei den Ordonanzen; eine schmächtige Welle von Eifer teilte sich für ein paar Tage seiner Umgebung mit und verlief sich endlich an einem Papierkorb, der dann eine Woche lang ungeleert stehen blieb, während sich um ihn ein Kranz von Papierabfällen bildete. Aber auch der Papierabfall vermehrte sich bald nicht mehr wesentlich. In den weiteren vierzehn Tagen ermüdete Raoul physisch. Die Nebeninstanzen, höher- und niederrangige Kameraden waren von Geschriebenem, das aus seinem Zimmer wirbelte, nicht mehr überhäuft und fanden ihn liebenswürdiger.

Er aber war so weit, dass er sich nicht einmal unerträglich empfand. Er wurde pflanzenhaft und dumm. Obwohl es durch fortgesetzte Tagesausflüge möglich gewesen wäre, die kleine Insel vollständig kennenzulernen, war er über das portugiesische Viertel und die amtliche Umgebung nicht hinausgekommen. Er deuchte sich seit Jahren da und hatte doch keine Lust, mehr zu sehen, als er sehen musste. Seine Kiefer wurden unfester, sein Gesicht voller und röter. In der Unteroffiziersmesse trank er Schnäpse wie die andern.

In der vierten Woche erholte er sich. Er machte die Entdeckung, dass es einen Zusammenhang mit Europa gab, eine gemeinsame gültige Größe, die nicht in den persönlichen Zusammenbruch verwickelt war, eine objektive Quelle des Menschlichen, und das waren die Akten. Er erholte sich, indem er an ihre Seele geriet, und verstand plötzlich die Inbrunst, mit der die anwesenden Europäer sich bei aller Saumseligkeit in sie vertieften, sich gänzlich in ihre Belanglosigkeiten und technischen Einzelheiten hineinwühlend. An diesen Einzelheiten war gar nichts belanglos. Sie waren die einzigen Zeichen, die von der tektonischen Phantasie beredt waren, mit der Europa zu Werke geht.

Bau, Wille, Zukunft kündigte sich an ihnen verloren an, ein Zusammenwirken, das über diese stehenbleibende, abgeschlossene Insel hinausgeht, war in diesen Fernfunken ausgegeben und von den nach Umfang, Wachstum und Betrieb gierigen Europäerseelen aufgesaugt. Raoul schloss seine Akten, seinem größeren Europahunger gemäß, um eine halbe Stunde später als alle andern. Die Akten, diese Wracks seiner persönlichen Aufgabe, erinnerten ihn dumpf an Größeres, das sich in eines Europäers Sinn bilden kann.

Der Schrecken der tropischen Existenz ist ihre völlige Zukunftslosigkeit. Die Landschaft der mittleren Zone weckt Hoffnungen, Erwartungen gesteigerter Art, zeugt komplizierte Formen, die vielleicht aus dem persönlicheren Zuschnitt des Waldes auf den schauenden Geist eindämmern. Die Tropen sind der Persönlichkeit nicht günstig. Raoul fand, dass sich die Charaktere seiner Begleiter vom Dampfer, Originale aus europäischen Nationen, merkwürdig verwischt hatten, seit sie Gäste des Kasinos und nicht mehr des Salondeckes waren. Die Tropen vernichten die persönliche Aufgabe, nur die allergrößt angelegte Maschine wird hier umwälzend eingreifen können. Raoul erfasste zum erstenmal seit langem Tatsachen, Differenzen. Erstens: Er war nun tatsächlich in den Tropen. Zweitens: Er war nicht in den Tropen, er hielt sich noch in einer Bastion Europas zurück. Drittens: Die Tropen sind mit der Ordnung des Persönlichen, wie es in Europa im Schatten raunender, gliedernder Wälder geworden ist, nicht zu erfassen.

Diese durch Hitzen, Ermüdungen, leichte Fieber und Ekel, Blendungen, Ängste hindurch gepflegte und gekelterte Beobachtungen half ihm auf. Er erkannte Umrisse, Licht und Schatten, Differenzen, seine Phantasie setzte sich nach einer Periode der Bewegung wieder langsam und beharrlich in Bewegung.

Sechs Wochen waren vergangen. Es war heute, dass er das erstemal während dieser Zeit wieder eine Anstrengung versuchte und den Blick allgemeiner auf die Insel richtete. Er versuchte es von der Seeseite. Er schnitt sie heraus aus den Wassern, die sie umgaben. Das moderne Mittel des Fernglases ermöglichte ihm, zugleich über und in sie zu sehen. Er saß in einem Bootsgerippe mit hohem Schnabel, von rohen Tierhäuten umspannt, kajakähnlich; einmal hatte geschälte zähe Rinde, wie zu Gummi präpariert, geholfen; das Boot war geschickt balanciert und schwer zu kentern; die unbearbeiteten Ränder der Häute bildeten innen an den Wänden eine durch Schmutz und Salz erstarrte Borte. Das tiefsinnig hässliche Profil eines Meeresungeheuers, etwa eines Rochens, diente als Ruder. Das Boot selbst war schäbig wie ein ausgenommener Haifischrumpf. Raouls Vorstellungskraft saugte Schicksale und Geschichte aus dem Vergleich. Auf diesen Booten, mit ragenden Steinsplitterhölzern, wie französische Missionare die Sage deuteten, waren die Inselleute einst in die Bucht hereingetrieben. Raoul sah die Insel selbst geworden. Er überblickte ihre Geschichte, ihre Aufpflanzung, ihre Vermenschlichung, ihre eindeutigen Ideen. Er sah sich selber nach Franzosen und Portugiesen auf die Insel kommen. Erst jetzt wurde sie wirklich entdeckt, in ihrer ganzen Fremdheit und Bizzarerie, als ein europäischer Inhalt, ein Bewusstseinsreiz jener Menschen, die viel Gedanken auf die Materie verwenden und den kurzen festen Zug um den Mund haben.

Raouls Glas trug weit, aber es hatte ein beschränktes Sehfeld. Während das Boot im Wellengang schlingerte, pendelte die Insel als vager Knäuel durch das feine Fadenkreuz. Ein Stillstand in der Meerbewegung trat ein, da setzte sich das Glas an einem Punkt der Insel fest. Scharf und isoliert sprang eine Figur in das Sehfeld, hintergrundlos im Raume und überraschend nah.

Raoul schraubte die Perspektive auf die vorspringende Felsengruppe, auf der sich die Gestalt befinden musste, ein. Ein brauner breiter Kopf wurde langsam von West nach Ost gewendet, wie die Perle zwischen den Fingern des Kenners, und kehrte wieder zurück. Raoul fing den klugen traurigen Blick aus solcher Nähe auf, dass er betroffen wurde.

Er befand sich dem Urmenschen gegenüber, einem Exemplar, das sich unbeobachtet fühlte. Das Gesicht musste genau in die Richtung von Raouls Kanu gewendet sein, eine verstärkte Aufmerksamkeit strahlte von der Stirn des sichtlich angestrengt denkenden Individuums aus. Der Oberkörper war nackt, über die Hüften bis zu den Knien war ein orangegelber Sarong gedreht, der sich um die aufgestellten Schenkel spannte. Die Arme waren vorgestemmt und hielten die Fußknöchel, während sich die Zehen über der blassgeschundenen Sohle infolge der Konzentration des ganzen Menschen spreizten.

Die durch die kauernde Lage hervorgerufene Einwölbung des Unterleibs verstärkte die Brustfalten, so dass man nicht entscheiden konnte, ob es ein Mann oder ein Weib war. Die Geschlechter unterschieden sich beim Inselvolke im Bau nur wenig, die schrägschultrigen Männer, eine Zucht von Schwimmern, waren nur wenig größer als ihre Weiber, ebenso voll und breithüftig wie diese und hatten dasselbe etwas stumpfe kurzwadige Unterteil. Die ganze Rasse besaß einigermaßen weibliches Aussehen, muskulös aber waren auch die Weiber. Die gedrungenen Körper bewegten sich mit großer Ruhe und Festlichkeit und kamen besonders im Geröll der Basaltberge zur Geltung. Als aber das Wesen auf dem Grat die Hände langsam von den Knöcheln löste und, unverwandt in die Richtung von Raouls Kanu starrend, sich hinter dem Rücken aufstützte, die glänzende Brust mit den ebenmäßigen Vertiefungen und der starken Rille von der Kehle bis zum Nabel in den Raum dehnte, erkannte er an den gerade Schultern und den spitzen Brüsten, dass es vollwüchsiges Mädchen war.

Er beschäftigte sich mit dem Gesichte. Es war dunkel wie das einer Maori, von schwarzen, trockenen Haaren umzottelt; der Kopf war nach europäischen Begriffen zu groß, zwischen den Flächen an der Stirn und in der Gegend der Schneidezähne wuchs in breiter Anlage die Nase, wie hervorgezupft mit zum Munde abfallenden Nüstern und einem vorquellenden Zuge, der zuerst unangenehm berührte. Aus dem Gesichte leuchteten Intelligenz und eine dunkle Lieblichkeit, der unangenehme Zug wurde vertraulich. Die weißen Blitze der scharfen Schneidezähne schossen zwischen dunkelblütigen langen Lippen hervor, die Zähne waren in malmender Bewegung. Der Ausdruck war schwermütig.

Raoul legte sein Glas aus der Hand und griff nach dem Ruder. Er suchte einen orangegelben Fleck auf der südlichsten Klippe, konnte ihn aber mit freiem Auge nicht ausnehmen. Als er mit Rudern innehielt und das Glas vornahm, blieb der blaue Himmelsraum und die Klippe leer.

In Raoul zuckten die Jahre der Sehnsucht nach ungeschmälerter Körperlichkeit. Die Stirn des Europäers wölbt sich über einer ungeheuerlichen erotischen Spannung. Im Kielraum seiner reisigen Seele führt er ein uneingestandenes Geheimnis, eine nährende und anstachelnde Illusion, den nackten Körper. Bei allen seinen Gedanken begleitet ihn ein unausgesprochener Wunsch nach dem Urzustand. Die neuen Erscheinungen, der Sport, die Freiluftbewegung und die exotische Literatur sind Ausflüsse einer verschärften Verriegelung, alles Reisen entwickelt sich ursprünglich aus der Neigung für ins ferne gerückte Urmenschlichkeit.

Dann kommt der Weiße in die Tropen. Er zerfällt in Stücke, was er als Kern in sich vermutet hat, zerschmilzt vor dem großen Leuchten, das den Tag erfüllt und keine Heimlichkeit und keine Schatten duldet. Nicht die Nacktheit und Primitivität der Landschaft mergeln ihn aus, das preisgegebene Geheimnis des Körpers ernüchtert ihn. Die Nacktheit stumpft jeden Stachel ab. Der Tiefsinn des Europäers, ein erotisches Versteck, verflacht sich inmitten bloßer Menschenleiber. Die plötzliche massenhafte Entblößung ist wie ein Schock, dem das Gemüt des Weißen bei der Berührung mit den intensiven Tropen ausgesetzt wird.

Wie alle Weißen hatte sich Raoul die Tropen als eine exzessive und sittenlose Liebesidylle vorgestellt. Er bemühte sich, der Veränderungen habhaft zu werden, denen sein Seelenleben seit sechs Wochen ausgesetzt war.

Er war genau um einen Körper benachteiligt worden, seinen eigenen Körper, den Körper des Menschen. Diesen gibt es inmitten der Tropen als Inhalt der menschlichen Seele nicht. Der Fortfall von Hemmungen zerstört.

Raoul nahm seit dieser Kanufahrt an Gewicht zu und war peinlich berührt, als es der Magister Dr. Lovadel in der Apotheke ablas. Auburn Fowler, der junge Ingenieur aus San Franzisko, bot ihm an, auf dem von Fowler eingerichteten, aber wenig benützen Tennisplatz das Überflüssige abzutrainieren. Der Knabe, von den halben und geschwinden Schulen seiner Heimat zu einem lebenslustigen Selbstbewusstsein promoviert, nahm Raoul unter den Arm und führte ihn schnellzüngig auf das graue Viereck, dessen Geschichte er ihm aufnötigte. Die grünen Büschel zwischen den weißen Leisten waren gewachsen, seit Calgareos nicht mehr ehrgeizig war und die Majorin da Cossilias dick wurde, nachdem sie Monate hindurch Ereignis und Mittelpunkt für eine Schar von Kavalieren gewesen war. Wie, Raoul kannte die da Cossilias nicht? Die große blonde Böhmin? Ach so, die. Die kannte er. Was weiter? Master Fowler, der die Telephonleitungen der Insel einrichtete, sah sich um und legte seinen immer gekränkt aussehenden Indianermund, der etwas an den Raouls erinnerte, inhaltsreich und im schlechtem Französisch an die Ohrmuschel des Begleiters. Raoul blieb stehen, rückte etwas ab und blickte auf den kleinen Sprechmotor im Gesicht des andern, der in rhythmischen Explosionen arbeitete. Hier gab es Kämpfe um die Frau? Exzellenz und ›Kid 11‹, wie derlei junges Gemüse daheim in U.S. genannt wurde, hatten einst in historischen Tennisturnieren um die barbarische Blondine gerungen? Raoul erinnerte sich der gesund aussehenden Slawin nur als einer Figur von den Familienabenden im Kasino. Der junge Amerikaner brach in ein furchtbares Bedauern aus über die Gewichtszunahme der schönen Blonden, die Kränkungsfalten seines kindlichen Mundes schrumpften zu einer Säuerlichkeit ein, die Beziehungen zu unbekommenen Trauben hat. Er sah beziehungsvoll an den Flanken Raouls hinab.

Raoul stand mit großer Energie ein paar Tage des Morgens um halb fünf Uhr auf, spielte eine Inselstunde, die das europäische Maß etwas zu unterschreiten pflegte, mit rasanten Bällen, hinter denen stapsige Inseljungen gellend einherpurzelten, und erfuhr Bücher über die Beziehungen auf der Insel in einer drink-kalten amerikanischen Mischung von Sport und Liebe, ohne Geschmack und mit viel Braus. Nach einer bis vier Uhr morgens im Kasino durchlärmten Nacht verabredete er mit Fowler eine eintägige Unterbrechung ihrer täglichen Übung, die nie mehr rückgängig gemacht wurde. An diesem Abend war sein Blut heiß geworden. Er gedachte der acht beinahe gelähmten Wochen seit der Abschiedsnacht in Brüssel. Der Inselklatsch, nicht ohne Geist und romanische Feinheit gehandhabt, enthüllte ihm ein Lebensbild, das bei aller Niederträchtigkeit Inhalt und Ersatz bot für die innere Wüste, in die sich des Europäers Seele bei dem Betreten der Tropen wagt. Er fasste zusammen, die Akten, der Kognak, der Tennisplatz, die schlechten Telephonverbindungen Fowlers, der Klatsch waren die eigentliche Kolonie, die Bastion Europas, die für mehr oder weniger europäische Lungen notwendige Atmosphäre. Sie umgibt wie eine Ausstrahlung noch die Weißen, die als Gestrandete auf eine Robinsonade kommen würden.

Er wollte an diesem Abend vergessen, dass es jenseits dieser stillschweigend vereinbarten Welt eine andere, einfachere und zugleich geheimnisvollere gab, die dem Menschen mit den gedankenkauenden Kiefern die persönliche Aufgabe vorstellen müsste. Aber die Liköre, die mit dem letzten Dampfer aus Santiago gekommen waren, machten ihn leicht und spülten schwere Reste seines flämischen Blutes hinweg. Unter einem niedrig hängenden üppigen Sternenhimmel, von dem nur die metallisch tropfende Lichtertraufe aus den Galerien der Lampions trennte, näherte er sich den Frauen und Freundinnen portugiesischer Beamten, den Flirts fremder Beauftragter und Abenteurer. Nicht alle der Frauen waren gelbe Portugiesinnen, die Augen langsam und die Brüste wogend, die Finger behandschuht vom Metall der Ringe, mit kleinen Fesseln aus Filigran am Gelenk und Kettengelenken im Ohrläppchen klimpernd. Die afrikanischen Stirnen und Lippen ihrer Männer strahlten Hitzen in die lichteren Profile nördlicherer und östlicherer Frauen. Frankreich, Wien, Jüdinnen aus Ungarn und Russland mit Kirgisentyp und ausgesogenem Blond, schneidend sprechende Serbinnen mit einer gewalttätigen Energie des Geschlechts in den Linien, das ganze erotische Genie Europas hatte sich zusammengefunden. Wo kamen alle diese Frauen her? Trieb sie ihr Instinkt? Waren so viele ihres Berufes auf den Weltmeeren unterwegs, dass jedes Netz, das eine so kleine Insel wie diese aushing, mit vollem Fang eingezogen werden konnte? Oder waren es nicht vielmehr die Inseln weißer Männer in der Südsee, die sich in diesem Schleppnetz von Frauen der großen Kontinente wie es die Dampferrouten bilden, fangen und fressen lassen mussten?

Niemand wusste über diese Frauen etwas Bestimmtes; wenn Raoul versteckt und mit dem Recht des Neulings fragte, glitt die vorsichtige Antwort an dem Namen Calgareos' vorbei. Niemand wusste etwas, und niemand interessierte sich im Grunde über die Vorläufer der hin genommenen Tatsache, es war niemand analytisch genug, der die Erscheinung scharf als etwas Besonderes zusammengefasst hätte.

Mademoiselle Farouche, die niedliche Französin mit den viel gekreppten Haaren, die Freundin eines langen olivengesichtigen Caballero, schlug Raoul mit dem Straußenfächer auf den Mund, in dessen zarte Kraft sie sich, vom Likör zu Deutlichkeiten verführt, für einen Augenblick versenkte. Aber der Likör war nicht stark genug, das Siegel ihrer Herkunft zu lösen, als Raoul sie nach ihrem letzten Aufenthaltsort gefragt hatte. Und die kurze Hingabe der Französin war noch zurückhaltend, gemessen an der gebieterischen Anlehnung der Draga Boguviç, einer Anlehnung im wahren Sinne des Wortes. Die Serbin war auf eine Art schön, die den starken Flämen fesselte. Sie hatte mächtige Brauen und starke Augenhöhlen, ihr grauer Blick ging unvermittelt zu Leibe, in ihrer schneidenden Stimme, an sich wenig liebenswürdig, lag der Tonfall einer bis ins Triviale und gemeine gehende, nicht zu befriedigende Leidenschaft. Sie trug den Stempel echter weiblicher Kraft, das Geschöpf einer Rasse von Müttern; unter all den verfeinerten Exemplaren Amerikas und Europas und den etwas erloschenen Portugiesinnen schien sie die geeignete Persönlichkeit für dieses Leben auf Meeren und Inseln. Sie nahm sich, was ihren weiblichen Gefühlen nottat. Beim Lächeln fletschte sie etwas die Zähne nach Raoul. Er dachte, es gibt noch eine Art Urmenschen in Europa. »Wer von ihnen mein Freund ist?« lachte sie, ihr Blick suchte und blieb an Auburn Fowler hängen. »Ich habe noch keinen gehabt hier«, fügte sie ironisch hinzu und sah Raoul an. »Wie sie fragen! Wer sollte mir gefallen ...« Sie überschüttete ihn mit Glut in den Blicken, ihre Augen waren weiblichen Geschlechts, Organe für den Liebeskampf. »Der Junge dort? Darüber bin ich hinaus – oder ich bin noch nicht so weit. Der Gouverneur immerhin ist ein schöner Mann«, sagte sie, aus Trotz für ihren Geschmack einen Gegenstand wählend, der am fernliegensten sein musste. »Eine Mannpuppe für Backfische«, gab Raoul, Frauen gegenüber ohne Argwohn, zurück. Sie glimmte Triumph zwischen den Augenschlitzen. »Ach, Sie sind eifersüchtig!« und schlug ihn: »Bei Exzellenz ist eine temperamentvolle Frau gewiss nicht am schlechtesten aufgehoben!« Sie sah ihn neugierig an und glaubte ihm mit diesen Worten genug ihrer Wünsche verstehen gegeben zu haben.

Ihre Forderung an ihn war so hoch geschraubt und augenfällig, dass sie ihm, obwohl sie sich spröde verhielt, auch im Gespräch ununterbrochen den Weg vertrat. Das war auch der Grund, warum er, als sich der Garten leerte und Paare um Paare sich gesellig empfahlen, nicht mit ihr verschwand, wie Frau da Cossilias mit ihrem kleinen chilenischen Professor, der eher aussah wie ein Japaner. Die Boguviç machte Raoul auf dieses Paar aufmerksam, als es sich hinter einem Naturgitter von Sträucherwerk unbemerkt zu treffen wähnte. Sie lachten über den Major, der, als er sich vereinzelt sah, schlechtgelaunt verstummte und böse Ahnungen erst verleugnete, als er Master Fowler erblickte, wie er sein ›damned old nigger‹ an die farbigen Kellner schickte. Dann geriet der Major an eine schlanke Brünette, die Französin oder Kreolin sein konnte. Die Töchter des Gouverneurs, den aufrechten Vater-Witwer hinter sich, graziöse Grandes Dames mit töricht schönen Gesichtern, folterten den jungen Fowler mit Ansprüchen an amerikanische Galanterie auf die lichtbestäubte Straße hinaus. Raoul aber lehnte sich zurück und blieb, auch als ihn die Boguviç mit ihren Pariser Absätzen, das eine Bein leidenschaftlich gegen den Schenkel gepresst, in die Wade hakte. Er wischte nicht einmal den Staubabdruck von seiner weißen Leinenhose, er bemerkte eben ihr starkes, aber keineswegs unförmiges Bein gar nicht. Er genoss nicht einmal, dass sie litt, obwohl sie es drastisch preisgab, nur um in seinen geistigen Zügen irgendeinen Reflex ihrer Leidenschaft wieder zu erkennen. Sie widersprach ihm, halb geärgert, halb verächtlich in allem. Er erinnerte sich des Vorkommnisses, das sie ihm zum erstenmal in den Weg geführt hatte.

Er ging damals kurz nach der Ankunft über den Quai am Hafen, als sie ihm den Weg vertrat. Er spürte ihre schönen grauen Blicke um seinen Leib tigern. Sie war nicht groß, aber dieser das Weib vergessende Blick ließ sie beinahe groß und irgendwie furchtbar erscheinen. Er sagte: Pardon! und bog aus, genau in Sicht des Gouverneurs, der die Szene mit schief gelegtem Kopfe beobachtet haben musste. Später sah er ihr Medusengesicht mit der geraden, gleich aus der Stirn springenden Nase und den geblähten Nüstern wieder. Sie kannte ihn nicht.

Mochte sie allein nach Hause gehen. Fernando, ein diminutiver Leutnant, süß in die glitzernde, goldbenähte Uniform gepresst und mit lackschwarzem Zwirbelbart, taumelte vorüber, schluckte: »Ja, da bist du ja, kleine Bestie!« und lehnte sich vertraulich an sie; sie ließ ihn, bös geworden, zu Boden gleiten; als er aber weiter zu großen Reden emporschwoll und dabei pathetisch ihren goldbraunen Schuh küsste, erhielt ihre angefachte Erregung einen natürlichen Ausfluss. Ohne einen Blick auf Raoul schnatterte sie mit dem Leutnant von dannen. Sie ging so blicklos, dass Raoul einen Druck empfand. Er sah sich komisch geworden, da ein anderer erntete, wo er gesät hatte.

Es blieben nur mehr einige Herren zurück. Sie umarmten sich, weinten, ließen Europa und Lissabon und Paris leben und stießen mit Füßen nach den eingeborenen Kellnern. Raoul, in einen heftig gerittenen Monolog vertieft, schüttelte eine lächerliche wörtliche Verpflichtung ab, er fand es geschmacklos, gegenüber Betrunkenen für die Humanität zu intervenieren. Einer andern Gelegenheit, die heute bereits einmal mit dem Standpunkt ›damned old nigger!‹ gegeben gewesen wäre, verwehrte er den Zutritt zum Gedächtnis. Aber während er die Frage steigerte: Wo hört auf einer Insel im Weltmeer wie dieser die Betrunkenheit auf und wo hat die Humanität anzufangen, und begann, aufgeregt gegen sich zu werden, suchte ihn Lovadel, der Magister pharmaciae, auf.

Er wies mit dem Daumen nach den Tumultanten und meinte: »Diese Pogromisten, die den Farbigen gehenkt zu sehen wünschen, sind gerade diejenigen, die es mit seinen Weibern halten!« Er hatte ein schlechtes Gewissen für sein Portugiesentum und Takt für die internationale Mission Donckhards, er glaubte die Schreier nicht besser entmündigen zu können, als wenn er sie auf die tiefste Stufe stellte, die eines unerlaubten Verkehrs. Dann war gleichsam die Kolonie nicht für sie verantwortlich.

Raoul zischte gleichgültig, dann kam ihm im Verfolg ein Gedanke und er fragte: »Warum ist es eigentlich verboten?« – »Das ist eine große Geschichte!« sagte der Apotheker schmierig lächelnd. »Das scheinbar aus sozialen Gründen erlassene Verbot hat einen hygienischen Hintergrund. Der letzte Aufstand war dadurch hervorgerufen, dass unter einer Anzahl von Inselmädchen die Lustseuche ausbrach. Die Inselmänner führten es auf böse Gifte der weißen Liebhaber zurück. Diese Rassen krepieren rapide an einem solchen Bazillus. Das Gesetz wird vom Gouverneur strenge gehandhabt. Es ist auch ganz vernünftig, immerhin – Politik und Liebe, in der Südsee, sagte er, in einem Tonfall, der, was er sagte, dem Wort nach verneinte.

Raoul ging bei fahlem Morgen ans Meer, sog die Brust voll und leer und voll, kühlte die männlichen Erschütterungen und ließ sich von der ruhig anlaufenden See festigen. Das Wasser rann wie Öl, man hörte in ihm den hingeschleppten Kies knistern, ein Gesang von winzigen Engelschören, eine ununterbrochene meilenweite Rieselmühle.

Um sechs Uhr morgens löste Raoul den kleinen Dienstkutter von der Launch, an die er vertäut lag, hisste das Focksegel und fuhr mit Landwind aus dem Bassin. Er kreuzte vor der Insel und sah sie schnell in die Sonne hineinwachsen.

Es streckte die derben Regungen, in die ihn der schwüle, mit Weibern und Likören gebeizte Abend versetzt hatte. Begierden, die durch die selbstverschuldete Fortnahme einer Frau, die ihm vorher gleichgültig gewesen war, Zähne bekommen hatten, lösten sich zur linden Spannung. Er spürte sich, obwohl er überhaupt nicht geschlafen hatte, mit Kräften versehen. Um sieben trat er zwischen die schmalen harzig riechenden Bretter der Amtsstuben und sah die Akten gehäuft liegen. Er setzte sich, machte eine Eingabe um Vermehrung seines manipulativen Personals und arbeitete bis zum Dienstschluss um zehn Uhr. Um elf Uhr nahm er den Lunch mit anderen Offizieren in demselben Verandagarten, in dem er zwölf Stunden vorher sich hatte Menschenschicksale im Lampionlicht entwickeln gesehen. In der ziehenden Mittagsonne sah das Ereignisvolle und Persönliche des verflossenen Abends kleiner aus, gewöhnlich und bureaukratisch. Nur die dunkelhäutigen Kellner in den gestreiften Matrosenleibchen und die Sternformen der Vegetation bestätigten den nahen Äquator.

Anstatt sich in die Hängematte zu werfen, auf die ein elektrischer Propeller warme Luftgüsse hauchte, und die heiße Tageszeit bis vier zu verschlafen, drehte sich Raoul einigermaßen unruhig in den wenigen gelben Straßen des Viertels umher. Die hölzernen Villen mit all den gleichen Treppen und offenen Parlours lagen trocken und hart, in einer Art Heißfrost erstarrt. Exzessive Hitze zeitigt dieselben Erscheinungen wie Kälte. Sie lähmt, das Leben gefriert in der Hitze. Das Viertel, sonst ein Zusammenhang von Belebtem, zerbröckelte in ein Gehäuf von undurchsichtigen Kristallen, kein Mensch war auf den gebackenen Wegen zwischen den Vorgärten und ihrer vielen, aber wie im Wachstum überraschten stockenden Vegetation. Nur hin und wieder krachte eine Latte, inmitten der klanggedörrten Stille wie ein Donnerschlag wirkend. Raoul schrak zusammen. Ein Stück Mörtel klatschte, aus einer Ritze kollernd, auf die Dielen eines Aufganges, es war wie ein Felsblock, der zerbarst. Drohten die Flächen der Kuben einzusinken? Die andalusischen Holztürmchen an den Ecken der Villen wollten einander in steife Arme knicken. Das Mittagsgespenst verzauberte die Tropenwelt. Der Heißfrost sog an den Säften.

Er erzeugt auch am Menschen die gleichen Erscheinungen wie die Kälte, das Nervenflackern, die Nervosität, die kleinen lebenswarmen Eruptionen gegen die Stille. Raoul war ein Nordländer; während seine Glieder wie fremde schwere Instrumente an ihm hingen, wölbte sich seine Innerlichkeit in einem verschlingenden Wunsche nach Tat und Lust über den trägen Widerstand des Fleisches. Er rollte an Zäunen vorbei, schwerfüßig wie ein Seemann, den Kopf mit süßen Bildern aus dem Mittagstod hebend. Als er an einer Verschnitzung lehnte, hörte er Schritte.

Es war eine Zivilisierte, sie hatte europäische Damenschuhe, aber keine Strümpfe, es wirkte unverschämt, weil der Rock kurz war; er entstammte einer etwas verspätet hierher gedrungenen Mode aus den großen Städten der Kontinente und war aus schlechtem Satin; in Taschenhöhe klaffte er harmonikaartig. Er wurde, wie überall bei den Inselmädchen, unschick getragen, hing zu weit oben an den natürlichen weiblichen Hüften, und darum war der Bauch vorgepolstert; bei den Eingeborenen galt gerade dies als hübsch. Eine gelbe Bluse, aus billigem Stoff, deformierte das anmutige Mädchen vollends. Es galt als Vorschrift, dass die sogenannten Zivilisierten, die Angestellten und Manipulanten in Betrieben der Regierung europäisch bekleidet waren, das verlangte das Christentum. Das Mädchen war barhaupt, krampusschwarzes Kurzhaar rollte über die Ohren; die starken Brauen waren Rußstriche und hingen zusammen.

Die Kleine lächelte von weitem und rollte ihre Augen auf ihn. In einer hitzigen bestialischen Anwandlung streckte er das Bein vor; sie wich aus, lachte und eilte davon.

Er sah ihre dunkle Haut über den Schnürschuhen und hörte den Satin an ihren bloßen Waden knistern. Plötzlich wurde ihm bewusst, wie er ihr nachsah, den Mund offen, mit laxer Zunge und ein Klopfen in den Kiefern. Er schämte sich, drehte den Korkhelm von einer dumpfen Stelle am Haupte und ging unschlüssig die Gasse hinab, bog in das Amt ein und betrat die knarrenden Treppen. Er kam reichlich vorzeitig, es war niemand da. Er streckte sich auf eine harte Bank aus, das beruhigte ihn. Vor seinen Augen flimmerte Satin und brach sich an strotzendem Fleische. Er fasste einen Vorsatz und schlief, bis ihn das Kommen der andern weckte.

An diesem Abend suchte er die Villa der Boguviç auf. Sie biss nach ihm, war unermüdlich in ihrem Verlangen und entließ ihn am Morgen ausgelassen und glücklich. Sein Gewicht regelte sich, er fuhr im Kutter oder mit dem Kanu um die Insel und drang ins Innere. Langsam gewöhnte er sich an die steifen Formen der Vegetation. Die Baumpflanzen wuchsen wie auf Draht, wie die falschen Nadelbäume vor den Läden in Europa. Große Früchte drückten sich kurzstengelig an die geraden Zweige. Ohne Stamm entsprossen Riesenblätter, um einen Kern geschachtelt in der Art großer Kohlstauden, dem Boden. Geröstet und haarig rundete sich die Kokosnuss zwischen Zacken hervor. An weiten Feuern wurde die Kopra gedämpft. Scharen von kalikobekleideten, halbnackten Gestalten reckten sich an schlanken Stämmen empor und bückten sich über weite Felder, über die perlmutternd Wasser gestaut war. Zwischen engstehenden Bäumen kletterten Gerüste schräg wie Nester aufwärts. Es waren die Behausungen der Inselleute, die sich vor bösen Springfluten schützten.

An strengen katholischen Feiertagen, und es waren ihrer viele, spielte an Bord des kleinen Kriegsschiffes, das knapp am Quai lag, eine Matrosenkapelle auf glasscharfen Blechinstrumenten. Hier war alles versammelt, man prominierte, eine dunkelgefleckte Gesellschaft, denn zwischen Europäern, Australiern, Amerikanern, zwischen khakifarbenen Kolonialsoldaten liefen dunkelhäutige Seeleute und Maschinenmeister durch und dandyhaft aufgestutzte Prinzen der eingeborenen Bevölkerung, mit deren Hilfe der Gouverneur Politik machte; Ketten von Zivilisierten schwenkten einher in hellen Blusen, die Arme untergefasst, lachend und große Blüten im Krampushaar.

Der Gouverneur passierte die Promenade und wurde mit schweren Bewegungen gegrüßt. Er war schlank, elegant, hatte einen Kopf wie von einer Münze und starke, an den Schläfen ergraute Haare. Er trug Goldlitzen an den Hosen und auf den Achseln. Sein melancholischer Afrikanerblick schien gutmütig. Aber jetzt legte er den Kopf unter dem Leinwandhelm schief und pfiff dem Polizeihund, Dobermann-Rasse, der ihn beständig begleitete und jede weibliche Person ansprang, auf die ein Blick seines Herrn gefallen war. Der Gouverneur befreite das Eingeborenenmädchen von der gefährlichen Nähe des schönen Hundegebisses und der intelligenten Nase, die wie ein Stift vorgetrieben war; er legte seinen blanken gemünzten Herrenkopf schief, pfiff und drehte das Weiße seiner großen Augen in einer durchaus unmelancholischen Art hervor. Raoul fing einen solchen Blick auf und war unangenehm berührt. Er sah auf den Hund und erkannte das Mädchen. Er hatte es eines Mittags allein getroffen. Das Mädchen blickte dankbar zu dem hohen Herrn hinüber, der es vor dem Hunde bewahrte.

»Eine noble Seele!« sagte Raoul zu dem jungen Fowler, der neben ihm ging. »Der Polizeichef, der alles sieht, alles kennt, alles weiß!« erklärte Fowler die Erscheinung der Exzellenz. »Der Hund ist ein Symbol und Abzeichen. Man munkelt boshaft, der Hund stünde mit inoffiziellen Liebhabereien des alten Herrn in Verbindung.« Fowler fuhr fort, Raoul über Einzelheiten aus dem Leben der Kolonie zu informieren, die sich vollzählig über den Platz drehte, während rasch die Dämmerung hereinschlich und die Kapelle die neuesten Wiener Operetten in einer grotesken Verstümmelung spielte, mit einem kurzatmigen Takt, der zu iberischen Kastagnetten passt.

Als der Gouverneur seinen monatlichen Inspektionsrundgang durch die Ämter, Kanzleien und Regierungsbetriebe machte, wurden wie gewöhnlich einige Unzukömmlichkeiten bemerkt. Es war zu viel Material vergeudet worden, der Schaden betrug beinahe die Auslage für eines der solennen Abendessen, die mit Hilfe offizieller Zuschüsse im Kasino bestritten zu werden pflegten. Betriebe wurden saumselig verwaltet und brachten nicht die gewünschten Summen ein. Der Tennisplatz, dessen Errichtung Staatskapital verschlungen hatte, lag unbenützt; die Offiziere fuhren, statt ihren Dienst zu machen, auf der See umher und benützten dabei gegen das Verbot die Dienstkutter. Die allgemeine Sittlichkeit sollte nach genauen Berechnungen nicht sehr hochstehen, durch den Zuwachs an neuen Persönlichkeiten auf der Insel war außerdem die Gefahr politischer Kolportage und Intrige gestiegen, und der Chef der geheimen Abteilung, der seinen Dienst nicht mehr bewältigte, wurde abgesetzt. An seine Stelle trat eine festere Hand, der neuangekommene Kapitän Alvarez; er war früher Botschaftsattaché in einer chilenischen Küstenstadt gewesen. Im Departement des Majors da Cossilias, Landwirtschaft, gab es Skandal, weil Gelder fehlten. Der Arme beteuerte seine Unschuld; er hatte einen im fremdem Kurs bezahlten Teil der Summe zwecks späterer Einwechslung in der Hausgeldkassette seiner Frau aufgehoben und begriff absolut nicht, wohin die fremden, unbrauchbaren Banknoten gekommen waren. Die blonden Haare seiner Frau retteten ihn wieder, man war unter Hildalgos, die im Frauendienst bewandt sind; er musste bar zahlen, gute Bekannte der üppigen blonden da Cossilias erledigten die Kleinigkeit vorläufig für ihn, und er verließ die Insel, um nach Marokko abzugehen. Frau da Cossilias blieb als Pfand am Arm eines der Darleiher zurück und winkte mit dem wohlriechenden Spitzentüchlein dem verschwindenden Dampfer nach. Ihr Galan war ein junger jüdischer Advokat, der mit Kapitän Alvarez gekommen war und sich mit den juristischen Problemen der Südsee bekannt zu machen dachte.

Auch bei Raoul de Donckhard gab es Anstände. Die Akten lagen gehäuft. Er hatte eine Eingabe um Personalvermehrung gemacht! War auf der Insel schon jemals einer auf einen solchen Gedanken verfallen? Wen sollte man bei der allgemeinen und notwendigen Einschränkung zur Verfügung stellen, vielleicht schwarze Hilfskräfte, eine von den Zivilisierten? Raoul sollte näher unter die Augen des Gouverneurs kommen; es war etwas Unbestimmbares, von undienstlichen Erwägungen Sprechendes in seinem Gesichte, etwas Nagendes in seinem Ausdruck; er ging verkappt auf dem Quai umher, musterte die Menschen mit ungewöhnlichen

Blicken, streifte ins Land, war oft von der Insel weg, während die fremden Dampfer ein- und ausfuhren. Die heiße Zeit nach dem Lunch verbrachte er ungewöhnlich, ohne in der Hängematte zu liegen, er forschte wohl, was in den verschlossenen Villen vor sich gehe? Man konnte nicht gut die Anforderungen des regelrechten Portugiesen an ihn stellen. Aber er war anderseits intelligent und geschickt; vielleicht konnte er unter entsprechender Aufsicht noch für Portugal wertvoll werden. Er kam in ein Departement unter der unmittelbaren Kontrolle des Gouverneurs und erhielt die Regierungsoffizin unterstellt.

Der Gouverneur war bestechend freundlich und intim mit ihm, als die Sache erst einmal gedeichselt war. Er führte ihn selbst in den Betrieb ein und überließ ihn dann seiner Arbeit. Raoul prüfte die Setzmaschinen und die Druckpressen. Er las die für den Tag vorgesehenen Pronunziamentos, die für das Auswärtige Amt in Lissabon gedruckten Mitteilungen über das Entwicklungswerk auf der Insel, korrigierte praktische Abänderungen in den Text der Drucksorten. Als er zu den Falzerinnen kam, starrte ihm ein dunkles Gesicht aus den vielen entgegen. Sie lächelten beide und erkannten sich. Er fragte nach ihrem Namen. Sie hieß Marianne. Als er merkte, dass sie ein naives, aber keineswegs armes Französisch sprach, das sie in den Schulen der Mönche gelernt hatte, sagte er ihr freundliche Bemerkungen, sooft er an ihr vorbeikam. Das bedruckte Papier flog, während sie lächelnd und begeistert antwortete, leicht durch ihre geschmeidigen verblassten Finger. Seine Besuche bei der Boguviç hörten auf. Er kam ins Innere der Insel und fand sich mit Marianne zusammen. Ihre Geschichte war reichhaltig wie ein europäischer Roman, aber sie erzählte sie, als hättet sie von den Tragödien keinen Eindruck davongetragen. Sie hieß mit ihrem eingeborenen Namen Thli. Den andern hatte sie bei der Taufe von den französischen Mönchen erhalten. Ihr Geschlecht war königlich. Um eine Prinzessin ihrer jüngsten Vorfahren waren große Kriege geführt worden. Sie war vierzehn Jahre alt und seit drei Jahren eine Zivilisierte. Ihr Vater war früh im Kampf mit betrunkenen melanesischen Matrosen gefallen, die auf einem britischen Dampfer gekommen waren und einen Streit mit den Anhängern der französischen Mönche über eine einzige Perle gehabt hatten. Der Vater erhielt einen Stich in den Hals, der die Schlagader durchbohrte und ihn tötete. Ihr älterer Bruder hieß Tumri und lehrte sie mit Holzlanzen, die leicht sind, nach den Hälsen von Puppen zu zielen. Als die französischen Brüder, die sehr beliebt waren, abziehen mussten und darüber ein Aufruhr ausbrach, war es Thlis Hütte in den Bäumen, die damals einer Schiffsgranate zum Opfer fiel. Die Mutter war nicht zu Hause. Der Schwester riss es den Magen auf, so schön, so schön lag sie da. Thli schilderte, ohne das Gesicht zu verändern, die natürlichen Einzelheiten des grässlichen Zustandes. Alle Inselleute kamen nachher, sie anzuschauen, bis sie starb; der innere Mensch hatte für diese Urmenschen keinerlei Widerwärtiges, er war ihnen offenbar im einzelnen sehr bekannt. Tumri und Thli aber würgten nach der Explosion an Gas und Schreck. Tumri wurde deportiert, in ein großes nördliches Land; als er mit anderen Jünglingen auf Verlangen des amerikanischen Konsuls wieder zurückgebracht wurde, starb er an innerlichem Feuer in der Brust. Thli meinte, das sei noch von der bösen Luft des ›donnernden Steins‹ gewesen, und legte oft ihre Hand an die Brust und bedeutete Schmerzen. Aber sie blieb fröhlich dabei.

Das kleinste Geschwister, ein dreijähriges Bübchen, verschwand bei der Explosion spurlos. Als die Mutter zurückkehrte, wurde sie wahnsinnig, hauste tagelang in dem Schutttrichter und grub mit bloßen Fingernägeln durch die Schlacke, ob sie nicht ein Knöchelchen von dem Bübchen fände. Sie fand nicht ein Knöchelchen. Da beruhigte sie sich wunderbar und glaubte, es sei von den Göttern beschützt und unbeschädigt an Körper und Seele entführt worden.

Thli äußerte sich nicht über die Auslegung der Mutter. Raoul erinnerte sie an die Lehren der Mönche, die vieles in ihr geweckt haben mussten. Aber er bemerkte nur, dass an einer gewissen Grenze ihre Denkkraft, die innerhalb der ihr bequemen Strecke nicht unerheblich war, plötzlich abbrach. Die neue Vorstellungswelt blieb gegenüber der alten völlig subaltern, auch die Mönche hatten ihr keine grundsätzliche Skepsis vor der Erscheinung einimpfen können, was sie an dem jungen Gehirn änderten, waren nur religiöse Zahlen und Formeln.

Um so auffallender war das Verständnis, das Marianne realen Zusammenhängen entgegenbrachte. Raoul war arglos genug, sie in das Kino mitzunehmen, das Auburn Fowler aus San Franzisko hatte herüberkommen lassen. Er hatte das Experiment einmal begonnen und führte es systematisch durch. Marianne folgte den Verknüpfungen, so weit sie nicht durch technische Voraussetzungen, die ihr nicht geläufig sein konnten, herbeigeführt waren, wie ein gescheites Kind. Über Wunderbares jedoch, das sie hätte unbefriedigt lassen müssen, staunte sie nicht im mindesten. Sie sah es als gegeben und nicht weiter analysierbar an.

Erotische Szenen ergriffen sie, sie schmiegte sich an, wie ein weißes Mädchen. An die Musik gewöhnte sie sich, sie wusste europäisch zu tanzen.

Wenn sie beide allein waren, warf sie sich über Raoul und küsste ihn, aber nicht auf den Mund, sondern auf die Nase und zwischen die Augen. Sie sagte ihm über sein Gesicht: »Süß. Ratte. Du frisst mich mit dem Gesicht«. Er wartete ohne Begierde auf das Weitere. Aber ihre ganze Leidenschaft äußerte sich in Küssen, sie ahnte weder die verwickelten Liebesübungen der Farouche noch die unstillbare sinnliche Not der Boguviç als er sie daraufhin prüfte. Doch sah er Wollust in ihren Augen, als sie sich an der Metallbrosche seines Schlipses aufriss und Blut kam. Sie duldete es, vor Aufregung zitternd, als er sie biss. Als er ihr sein Taschenmesser schenkte, versuchte sie, die großen Narben ihrer Ohrläppchen, die seit ihrer zivilisierten Periode verwachsen waren, aufzutrennen und das Instrument hindurchzuklemmen.

Raoul versuchte nicht, wie es leicht gewesen wäre, sie in der europäischen Liebe zu belehren, sondern sie zu ergründen. Er sah sie einmal mit ihrer Mutter auf den spiegelnden Feldern, die Füße in dem seichten Geriesel, das wie ein landweiter Fladen langsam von den Ackerterrassen herabwalzte. Sie hatte einen orangefarbenen Sarong um die Flanken gefältelt und Blumen im Haar. Er erinnerte sich ihrer vom Südkap der Insel. Ohne es wahrzunehmen, hatte er nun doch die persönliche Aufgabe in Angriff genommen – so stark war der über ihn gesetzte Trieb, das Gesetz seiner Welteinstellung. Der kurze, feste Zug im lockeren Teil des Schädels, dem Unterkiefer, wuchs wieder. Er wird unausweichlich auf Raouls Nachkommen, auf seine ganze Rasse übergehen.

Raoul verglich die Gesetzmäßigkeiten. Thli staunte, wo sie verstand. Wo sie nicht verstand, staunte sie nicht, sondern nahm ihn, hatte kein Organ dafür. Der Nordländer hatte ein Staunorgan. Unsere Gesichter sind schlechthin immer verblüfft. Je mehr wir wissen, desto verblüffter sind wir. Es gibt welche unter uns, die aus der Verblüffung nicht mehr herauskommen. Sie reiben sich ununterbrochen die Stirn, und das sieht man solchen Stirnen an, sie sind weit, es geht Glanz von ihnen aus.

Raoul staunte über Thli. Es war denkrichtig, anzunehmen, dass er sie verstand. Trotz ihrer Ungeheuerlichkeit und schwierigen Simplizität konnte sie nicht anders sein, als wie er sie dachte, ohne große Geheimnisse, simpel und ein kleines Ungeheuer, der Urmensch.

Eines Tages machte die Zivilisierte Marianne dem Kapitän de Donckhard Zeichen. Er rief sie dienstlich, sperrte die Türe ab und sah sie an. Sie wendete sich, zupfte an der gelben Bluse, lachte und begann dann unvermittelt zu weinen. Sie weinte nicht, sie heulte wie ein trauriges Tier. Obwohl sie für Raoul ein Experiment bedeutete, war sie doch ein Weib, sie hatte den vollen geschmeidigen Körper des unzerstörten Weibes. Er erkannte, dass etwas Abenteuerliches vorging, er witterte einen Liebeseingriff, er konnte sich nicht dagegen wehren, dass sie ihm in ihrer Kränkung plötzlich mehr Weib erschien denn je. Er umarmte sie leidenschaftlich, aber noch immer mit Abstand. Sie erzählte. Sie war zum Physikus gerufen worden. Man war strenge zu ihr. Man verbot ihr, ohne Namen zu nennen, jede außerordentliche Beziehung zu den Offizieren und drohte, sie ins Lazarett zu sperren. Sie musste sich in den Stuhl legen. Was mit ihr vorgenommen worden war, konnte sie nicht sagen; sie hatte Angst ausgestanden, etwas Schmerz gespürt und fühlte sich angetastet. Sie hatte versprechen müssen, vollkommen zu schweigen.

Raoul verstand sofort. Zuerst erfüllte ihn Abscheu, er wollte sie wegstoßen, aber dann überkam ihn ein abenteuerlicher Geist, er begriff, dass man ihm, aus welchem Grunde immer, ein Mädchen nehmen wolle, und erinnerte sich seiner Schande am ersten Abend mit der Boguviç. Er umfasste Marianne leidenschaftlich wie noch nie, nahm sie ohne Anstände auf den Schoß und ging den geraden Weg vor. Sie hielt, ohne sich zu rühren oder zu wehren, ohne entgegenzukommen, mit aufgerissenen Augen aus. Jetzt staunte sie, sie wusste; sie vermochte sich wohl einen weißen Mann in dieser Situation nicht vorzustellen.

Da sprang ein Gedanke in Raoul auf; er schauderte vor einer sehr gewöhnlichen Gefahr. Vielleicht gab es Gründe, dass man sie geprüft hatte. Sie ging, als er es heischte, zur Tür, unberührt. Ihr Blick eines traurigen Tieres machte ihn wieder feurig, er rief sie zurück, küsste sie zum erstenmal voll auf den Mund, presste ihre Brüste, zögerte, während er auf ihre langen glatten Schulterknochen herabblickte, und schob sie zur Tür hinaus.

Er ging sofort zum Gouverneur. Im Vorzimmer empfing ihn der Adjutant Leutnant Marquis Almavoga. »Gut, dass du kommst! Exzellenz hat nach dir gefragt.« Der Leutnant blickte ihm neugierig in die Augen. »Fatale Sache«, sagte er mit kameradschaftlicher Teilnahme. Er nötigte dem Kapitän seinen Degen um, Raoul war ohne jedes Zeremoniell gekommen.

Der Adjutant meldete ihn. Raoul trat ein. Don Calgareos hatte den goldenen Degen umgeschnallt und ging nach einer kalten Verbeugung, die den militärischen Gruß des Jüngeren erwiderte, mit maurischer Großartigkeit an ihm vorüber. Er sprach kein Wort und schielte nach den Fersen Raouls, bis dieser sie schloss. Raoul, der gekommen war, Rechenschaft zu fordern, stand schweigend in dienstlicher Haltung. Der Gouverneur pflanzte sich vor ihm auf, sein Blick war gerade, vorgesetzt, richterlich und konnte als aufrichtig genommen werden. Seine Augäpfel waren stark gerundet. Während er Raoul sonst mit ›mein lieber Kapitän‹ anzureden pflegte, sagte er heute ›Herr Kapitän‹. Raoul stand wortlos.

»Sie haben hier, Kapitän de Donckhard, eine Mission auszufüllen, die gerade Sie mit einer ganz besonderen Verantwortung belastet. Sie sind der Vertreter des europäischen Urteils über uns, aber auch einer der europäischen Gesittung vor allen Nichteuropäern. Pardon, Herr Kapitän, jetzt spreche ich. Ihr Charakter, Herr Kapitän, ist mir bekannt; auch ihre Intelligenz. Um Leichtsinn, oder sagen wir Mangel an Bewusstsein für eigene Handlungen, kann es sich dabei nicht handeln. Aber mit der Aufgabe, zu der Sie uns empfohlen worden sind, stimmt ihr Verhalten nicht überein. Ich bin milde, wenn ich es als persönlichen … Protest – habe ich nicht recht? – als eine Unterschätzung ihrer Stellung hier … bezeichne. Derartiges ist mir während meiner Amtszeit noch nicht vorgekommen. Sie sind mit einer Zivilisierten im Kino erschienen, Herr Kapitän, in den Rängen für Offiziere und deren Damen. Wenn auch von Seiten der Behörden nichts dagegen einzuwenden ist, dass Eingeborene und Zivilisierte, die in den Diensten der Regierung stehen, das Kino besuchen – ich persönlich«, fügte er mit Resignation hinzu, »bin allerdings anderer Meinung, aber von oben her weht nun schon einmal dieser Wind; wenn also im Prinzip den Eingeborenen der Besuch gestattet ist, so muss doch die Distanz eingehalten werden. Noch nie ist einem Offizier etwas Derartiges eingefallen. Und dann, Herr Kapitän, was hat sie gerade an diesem Mädchen zum Narren gemacht …?«

»Exzellenz, meinen Kopf für das Mädchen«, sagte Raoul heftig und lockerte die Fersenstellung.

Der Gouverneur schielte an den Beinen Raouls hinab, sagte aber nichts darüber und meinte streng:

»Kapitän, das Mädchen passt nicht für Sie, von allem anderen abgesehen. Nehmen Sie den Rat eines erfahrenen alten Mannes an, der um diese Bescheid weiß und der das Leben in den Tropen kennt. Wir handeln in Ihrem Interesse. Wir werden Sie retten, Kapitän. Ich selbst habe das Mädchen beobachten lassen und selbst beobachtet ...« Hier wurde er unsicher und sah in die Ecke.

»Exzellenz«, sagte Raoul und drängte sich in die Bresche; er stellte den rechten Fuß fort und stemmte sich ins linke Knie, »es ist ja ein liebes, gefälliges Dingchen, aber ...«, brach der Gouverneur plötzlich mit einer seltsamen Inbrunst heraus.

»Ich will vom Persönlichen schweigen«, fuhr Raoul fort. »Die internationalen Anschauungen, die ich hier vertrete und die sich in den letzten Jahren über die Erde ausgebreitet haben, stellen alle Menschen gleich. Das ist nicht nur Gewissenssache, eine Laune des Christentums« – Raoul drehte durch den Willen seiner Sprache die Augen des Gouverneurs in die Richtung des Kruzifixes, das über dem Schreibtisch hing –, »es kann auch dem Verstande als berechtigt bewiesen werden. Die Natur kann nicht die überwiegende Mehrzahl der Menschen zur Zweitrangigkeit bestimmt haben. So simpel und ungeheuerlich der dunkle Mensch auch ist, es muss einen höheren Zusammenhang zwischen uns und ihm geben!«

Der Gouverneur war über die Verbiegung des Gesprächs peinlich berührt. Aber es schmeichelte ihm, dass man ihn eines tieferen Urteils für fähig hielt. Seine Stimme wurde wesentlich milder, sie gewann die fürstliche Grandezza des nicht nicht nur durch die Stellung Überlegenen. Er vermochte durch einen solchen Übergang aus dem dienstlichen Ton ein dankbares Gefühl im Unterstellten zu erregen, und so war wohl seine Menschenklugheit an diesem Prozess nicht ganz unschuldig. Seine Züge waren ja fein und nicht leer von geistigen Dingen. Er sagte gutmütig:

»Sie sind ein Idealist, Kapitän. Sie sind naiv, Ich hätte Sie beinahe an Gefährlichkeit überschätzt. Aber Sie haben auch, man könnte sagen, philosophisch unrecht. Die Natur ist gar nicht rational und irrational wie der einzelne Mensch. Sie besteht ebenso aus quellendem Gefühl, wie aus Vernunft. Sie handelt, wenn Sie wollen, ebenso aus Berechnung wie aus Träumerei: die kalte, distanznehmende, einteilende Kraft der Natur heißt Kultur. Vernunft ist in der Natur ebenso geworden wie beim erwachsenen Menschen, mit ihm zugleich, vorher war alles sinnlos. Gegen diese Vorzeit, gegen den Urmenschen, muss sie sich selbst wehren, ihn bändigen, ihn in Distanz halten – sie macht es mittels der Ordnungen unserer Zivilisation, so wie es täglich der Mensch gegen die eigenen Instinkte macht.«

Der Gouverneur schwieg, ohne mit der Stimme zu fallen, in einen Raum hinaus, wie er gesprochen hatte; er sah ein großes Auditorium vor sich, diesen ganzen Erdball, den er nicht mehr verstand, alle seine Gegner. Sein Haupt ragte gleichsam über den Archipel hinaus, das Gesicht nach den großen Kulturländern des Nordens gerichtet, aus denen neue Menschheitslehren kamen. Und er fühlte dieses sein herrscherliches Haupt als ein untergehendes Gestirn, er fühlte die Anstrengung vom Kampf mit einer jüngeren Welt in den noch immer geschmeidigen Nobilekörper. Sein Blick zog sich über Meere zurück auf die Insel, in das Zimmer, in sein Auge. Er umfasste, mit der Liebe des Siegers zum Besiegten, mit der Noblesse des Stärkeren, der die Dinge nicht auf die Spitze treiben will, den aktuellen Brennpunkt dieses Weltneuen, Raouls plebejischere Gestalt, eine knochige, gymnastische Eleganz, den müden gespannten Zug in einem schwerfällig gemeißelten Gesichte. Der Gouverneur lächelte beschaulich, ein Altes-Herren-Lächeln. Er hatte bewiesen, dass er kein vollkommener Trottel und nicht nur Beamter war. »Bitte, stehen Sie bequem, lieber Kapitän!«

Raoul verbeugte sich leicht. »Exzellenz, ich bin freudig überrascht soviel Nachdenken vorzufinden.« Als sie beide den Sinn ganz erfasst hatten, lachten sie. »Lieber Kapitän«, und reichte ihm die Hände, »versprechen Sie mir, lassen Sie ab, das Mädchen ist Ihrer nicht wert. – Sie gehen in einem Irrgarten, wenn Sie die melanesische Seele suchen. Hart und planlos wie die Natur ist hier die Seele. Nur eine harte, einfache Idee kann hier Gerechtigkeit, Form und Wachstum schaffen.«

Raoul wurde düster. Er hatte einen falschen Ton, als er den Gouverneur bat dessen graziler Unwiderstehlichkeit er sich nachgeben spürte: »Behüten Sie das Mädchen, Exzellenz, es ist es wert!«

Der Gouverneur lachte mit einem aufgeregtem Jubel. »Ja, ja, das will ich tun. Verlassen Sie sich auf mich, Kapitän. Und ich werde Ihnen beweisen, was ich sagte, das Mädchen war Ihrer nicht wert.«

Der Adjutant beglückwünschte Raoul, als er seinen Degen zurückbekam, er hatte lachen gehört.

Raoul sann: Beweisen, beweisen? und lief zum Magister Lovadel, den er um eine Gefälligkeit bedrängte. Lovadel sagte schließlich zu. Nach Amtsschluss begaben sie sich in das Ordinationszimmer des Polizeiarztes, zu dem der Apotheker einen Schlüssel hatte. In dem Rapportbuch, das sie nachschlugen, stand: Zivilisierte Marianne. 14 Jahre. Ledig. Gesund. Virgo intacta.

Was konnte der Gouverneur beweisen? Raoul verzehrte sich den ganzen Tag über nach Thli in einem Feuer, das er auf der Insel noch nie gefühlt hatte. Er war unfähig zur Arbeit und dachte daran, sich der Boguviç zu überlassen oder bei den Künsten der Farouche Zuflucht zu suchen. Aber der weiße Körper langweilte ihn. Als es Abend war und eine Taube draußen vor der Veranda auffällig gurrte, nahm er Thli verabredungsgemäß zum erstenmal in sein Bungalow auf. Sie kam, wie ein Katze, über die Veranda gestiegen, auf einem Wege, den niemand ahnen konnte. Als er sie an sich riss, brach das Fieber in ihm aus. Er schwindelte und sank zurück. »Geh«, schrie er, »er kann es beweisen, er wird es beweisen.« Sie lief planlos auf die Straße. Er folgte ihr, um sie bangend, sie kamen in die Gärten. Er fiel, man fand ihn am Morgen, nachdem man gesucht hatte, in einer eingeborenen Hütte gebettet und brachte ihn nach Hause.

Er phantasierte zehn Tage. Er sah sich durch die Gassen irren und nach Marianne rufen, die man ihm entführt hatte. Plötzlich meinte er sie am Arme des Kapitäns Alvarez einherkommen zu sehen. Einmal des Morgens fand man ihn in den Gassen beim Kasino, an die Verschnitzung einer Villa gelehnt. Er stand auf einem Bein, das andere hielt er töricht, es lüftete fiebrige Vorstellungen. Er musste über die Veranda gekrochen sein, wie ein Schlafwandler, das Personal hatte ihn nicht bemerkt.

Die Sorge eines guten Inselgeistes wachte um ihn. Die Medikamente des Apothekers halfen nur wenig, das Fieber ließ nicht nach. Aber von irgend jemandes Hand war über Nacht ein Teig um seinen und den Nabel geschmiert, das Fieber hatte nachgelassen. Lovadel und der Inspektionsarzt sahen sich an, schüttelten den Kopf, greinten die farbigen Wärter aus und entfernten die Schmiere. Ein andermal lagen symbolische Hölzer und luftleichtes ausgesogenes Tiergebein in einer geheimnisvollen Konstellation auf seinen Gliedern. Ein frisch abgezogenes Rattenfell war an die Tür genagelt. Der Polizeihund, den man aufgebracht hatte, um den lächerlichen Aberglauben abzustellen, winselte unter der Veranda, verkroch sich und musste wieder fortgenommen werden.

Am elften Tage erwachte Raoul aus dumpfem Schlaf und starrte in ein erschreckendes Viehgesicht. Bevor er es sah, hatte er an die käferfarbene Schuhe seiner Freundin gedacht, an den Satinrock, der vor ihm schwang. Plötzlich gewahrte er das Kräftesymbol vor seiner Stirn, schrie auf, als ob ihm mit kaltem Griff das Rückgrat umgedreht würde, und blieb in Totenstarre liegen. Sein Fieber hatte das Sichtbare vergrößert. Seine gesteilten Blicke isolierten die winzige Insektenmaske, rollende Kauwerkzeuge und schlaffe Beutelaugen zu einer eigenen, raumfüllenden Existenz. So lag er drei Tage, dämonisiert. Am vierzehnten Tage erwachte er gesund.

Man zeigte ihm unter Späßen einen gewöhnlichen schillernden Inselbock, communis insulae cervocephalus, der während einer Nacht gerade über seiner Nase aufgehenkt gewesen war.

Man besuchte ihn. Es war ihm lästig. Als die Boguviç unten an der Veranda sprach, stellte er sich schlafend. Der Gouverneur kam. Er war überströmend und siegreich. »Gratuliere. Nun werden Sie aber das Klima verändern müssen, Kapitän. Sehen Sie, die Natur hilft sich nicht selbst, sie hilft sich mit Kultur nach. Wir haben das Fieber mit Chinin gestopft. Die abergläubischen Beschwörungen Ihrer schwarzen Freunde hätten Ihnen schmerzlich bekommen können.« Raoul dankte leer.

Nach dem Fieberanfall war Raoul schwach und vertrug keine Belastung, kaum die leichtesten Kleider; alles in ihm ging auf Daunen, seine Empfindungen waren melancholische Reste geworden. Er beachtete nichts und niemanden, sah nur von Schatten aus in die Sonne, bis er einschlief. Schließlich fragte er nach Marianne. Sie war noch vor wenigen Tagen in der Offizin gesehen worden, seither galt sie als verschollen. Raoul war zu müde, um weitere Ideengänge daran zu knüpfen.

Schonend brachte man ihm inzwischen bei, was sich während seiner Ohnmacht zugetragen hatte. Ein Telegramm aus Washington, in Brüssel vidiert, berief ihn sofort von der Insel ab.

Raoul de Donckhard hatte sich der Mission, zu der ihn die offizielle Kulturmenschheit berufen hatte, nicht gewachsen gezeigt. Ein zweiter Aufstand war auf der Insel ausgebrochen. Die Gründe mochten denen des früheren Aufstandes ähnlich gewesen sein, man wusste über diese unerklärliche Begebenheit nichts Genaues. Die Bewegung war nach wenigen Tagen niedergeschlagen. Untersetzte seehundsschultrige Männer mit hervortretenden Kugelgelenken, Frauen unter ihnen, hatten ihre Körper zu bösem Aussehen tätowiert, steckten Feder und Zierat in die Haare, durch die Nase und in die Ohrläppchen und raubten die heiligen Lanzen von Kraterfeld. Sie stürzten sich auf eine Kolonne, die vom andern Ende der Insel heraufzog. Es fiel ein Opfer auf seiten der Weißen, und dies war gerade ein Amerikaner, der junge kühne Auburn Fowler, der mit bloßen Händen in den wildschreienden Haufen hineinlief und aus kurzer Entfernung eine der Steinsplitterlanzen in den Hals bekam. Sie durchstieß die Schlagader, das Blut quoll wie ein dunkles Gewächs hervor, er war sofort tot. Ganz Nordamerikas bemächtigte sich Aufregung.

Raoul legte sich die merkwürdige Veränderung, in die er hineinerwacht war, langsam zurecht. Er verstand nicht und grübelte über die Zusammenhänge.

Er fuhr mit dem nächsten Dampfer. Der ging nach Australien. Die Insel lag wie ein aufgeklapptes Gebiss auf einer Etagere. Die blaue Muschel der Bucht unterwölbte es als Gaumen. Dann kamen die schwarzgrünen Tangurwälder. Als man weit genug war, um den Quai und das Viertel mit freiem Auge nicht mehr wahrzunehmen, hörte Raoul einen melodischen langen Schrei, ein Jauchzen wie von einem Kinde sich über die Insel erheben. Er schüttelte sich, hob den Kopf in die Brise, um diese kleinen Anfälle des Fiebers zu verjagen. So hatte ihm Thli Zeichen zu geben gewusst, wenn sie sich im Innern trafen. Es war eine lange Zeit von dort her.

Gleich nach dem Fieberschrei nahm er das Glas. Ein Vogel erhob sich aus der Mitte der Insel, flog lang und ließ sich auf der letzten Klippe des Südkaps nieder. Es war eine Taube, sie war wie eine europäische Taube, aber kleiner und bunter und hatte Flocken im Schöpfchen, goldenen Räderaugen und, er erinnerte sich des Vogels, einen rollenden Laut.

Von der Südspitze richtete Raoul das Glas auf das Viertel. Er schnitt die Meeroberfläche, aus der eben ein schrägschultriger Taucher mit blinzelnden Augen heraufkam, im Wasser zackig wie ein Amphibium gebrochen. Dieser hielt die Faust geschlossen um Sand, schwarzgrünes Zeug und Muscheln. Von der Meeroberfläche führte Raoul das Glas zu den Quaimauern hinauf. Er traf auf einen dunklen quadratischen Schlund, ein Kanal goss sich hier ins Meer. Aus dem dreieckigen Schatten schossen Ratten, sich überpurzelnd, ihrer mehr an einem Stück Abfall zerrend. Raoul ging mit dem Glas nicht mehr höher, er nahm es schnell von den Augen und versah es. Raoul de Donckhard blieb vier Wochen in Sydney und gesundete im trockenen Klima, das sich hier auch in die Seelen der Menschen erstreckte. Eines Tages hielt er es nicht mehr länger aus, die Zeitungen über den Aufruhr auf der Insel hatte er zu Ende gelesen, er hatte keine Geschäftsverbindungen, die Sprechnebel der lärmenden Volkshalle, die das Land ihm schien, verschlangen die tieferen einsamen Stimmen, die in ihm sprachen. Er nahm abermals einen Dampfer, wie er gerade ging, und fuhr quer durch den stillen Ozean, durch Polynesien und den schwarzen Archipel nach Südamerika.

Er war vollkommen gefasst und des Abenteuers, seines Rechtes aber auch seiner Entgleisung bewusst. Er kam an vielen Inseln vorüber, die in der Ferne seiner Insel ähnelten. Friede und ein ausgeglichenes Regiment schienen über ihnen zu walten. Hart und planlos wie die Natur lag auch ihre Seele zutage. Nur eine starke einfache Idee kann hier Gerechtigkeit, Form und Wachstum schaffen. Er überlegte alles noch einmal. Der zweideutige Sarazenennachkömmling mit dem Hermeskopf vertrat den produktiven Verstand dieser Zonen. Die Politik jener Südländer, und wieder sah er Don Calgareos vor sich, beruhte auf einer langen Erfahrung. Die Intelligenz von Vorfahren, die Mathematiker gewesen waren, drückte sich in der Gepflegtheit und dem Adel dieser Südseebukaniere aus. Der Gouverneur hatte nicht ganz unrecht. Einen Abstand, den die Natur macht, soll man nicht leichtfertig überbrücken. Aber die persönliche Aufgabe? Der eigene Drang nach der Urseele? Er war das Echo aus den Schreien des Urleibes, der noch in Bildung begriffen ist.

Die Erfahrung der Mathematikernachkommen verschmolz leicht mit der materiellen Grundlinie des Raoulmenschen und fügte wieder einen tieferen Zug in sein und seiner Kinder Gesicht.

Als das Schiff den Äquator passierte, blickte Raoul angestrengt nach Norden und vermeinte, es war aber eine Vision, seine Insel und die Südklippe mit dem Mädchen zu sehen. Er entwickelte sich das Mädchen: Eine Seele aus vulkanischem Erdinnern, kurz nach der Eruption, mit großen reinen Flächen. *Das Mädchen war von der Rasse der Klippe.*

Er glaubte auch den höchsten Kegel zu sehen, den Krater mit der leeren Nische. Die Lanzen waren, auf dass die Sage sich erfüllte, wieder ins Meer hinausgewandert. Das Museum für Völkerkunde in Heidelberg hatte sie aufgekauft.

In Valparaiso verließ Raoul bald das moderne deutsche Geschäftsviertel und schlug sich auf einem inhaltsreichen Umweg in die internationalen Hotelviertel der Hafengegend durch. Er suchte eine Maison, die ihm empfohlen war. Sie war von besserer Art, für Offiziere, die aus Polynesien zum Urlaub und zur Erholung oder auf der Durchfahrt vorbeikamen.

In der Flucht von überladen ausgestatteten, rot erleuchteten Salons waren Frauen aller Rasse und Schattierungen versammelt. Plötzlich rief ihn eine Stimme deutsch an. Sie gehörte einer großen üppigen Blondine, die damenhaft und in Straßentoilette, nicht wie die andern kostümiert, gekleidet war. Er erkannte sie sofort, sie hatte sich nicht verändert, war nur magerer geworden, die hübsche Böhmin von der Insel, die Frau des Pantoffelhelden da Cossilias. Sie machte hier Sonntagsbesuche, wenn sie die Hotelrechnung und eine neue Toilette verdient hatte, würde sie wieder weiterziehen, auf eine andere Insel und einen Advokaten heiraten, der die Aufhebung ihrer Ehe durch päpstliche Lizenz erwirkt hatte. Ihr früherer Mann war in Afrika verschollen, er schrieb nicht mehr. Ja, manchmal kamen Herren von der Insel vorüber. Es hatte sich viel verändert dort; Calgareos war weg, mit der Boguviç und den beiden Töchtern, die sich Freier mitgenommen hatten. Neue Kontrolloffiziere aus Schweden und Österreich waren angekommen. Und – ja, dass sie ihm das Wichtigste noch nicht gesagt hatte! Eine Überraschung stünde ihm bevor, bitte, man möge doch Mademoiselle Marianne herbeirufen – sie sprach zu einer alten Person, die den Damen des Salons zur Verfügung stand.

Der Name ging Raoul ins Bewusstsein. Er fragte nach Marianne von der Insel, nach dem Inselmädchen Thli, ob sie wiedergekommen sei? »Sie ist bei Ihnen gesehen worden, während Sie krank lagen. Dann, während des Aufruhrs, als alles drunter und drüber ging, blieb sie verschollen. Alvarez, Sie erinnern sich des ›neuen Geheimen‹, war hinter ihr her, sie war gleich für ihn da, am nächsten Tage saß sie schon im Lazarett. Alvarez, der hier große Verbindungen hat, handelte aber schließlich sehr nett, er hat auch ihr ...«

In diesem Augenblicke kam Marianne von der Insel, Thli, zur Türe herein, wie ein Pfau aufgedreht, eine bizarre dunkle Schönheit.

Als Raoul allein mit ihr war, küsste sie ihn fremd und zwischen den Augen. Er kam nicht weiter mit ihr, ihr Blick war ganz ahnungslos, sie blieb passiv. Er fragte sie aus, sie aber wollte von Vergangenem nicht sprechen. Er ging unausgefüllt und fassungslos von ihr. Die Temperamente waren durch die Kluft geschieden. Sie hatte die Hand auf die Brust gelegt und Schmerzen bedeutet. Die Luft hier und die Insel dort sogen an ihr. Sie würde den Weg ihres Bruders gehen. Eine Königsfamilie starb aus. Es wird nicht in der Weltgeschichte vermerkt sein. Der Urmensch, die Unvernunft der Natur, die Planlosigkeit, eine Rasse von

Taubenmenschen mit Goldräderaugen stirbt aus. Granaten, Tuberkulose, Syphilis tun ihr Werk. Das erste, was die Fischmänner mit den glänzenden Schuppen auf die Insel eingeschleppt hatten, waren Ratten.

Raoul fuhr durch den Panamakanal, sein Dampfer hatte die Route nach den Azoren, von wo er sich ins Kongo zum Dienst melden wollte. An Bord lernte er einen amerikanischen Diplomaten kennen, der ihm viel Südseeklatsch erzählte. Von diesem erfuhr er folgende Geschichte:

Auf der Insel herrschte ein portugiesischer Gouverneur, der die übliche südländische Misswirtschaft duldete. Ein belgischer Kontrolloffizier wurde hingesendet, der als tüchtiger Organisator galt. Aber wie bei so manchem Nordländer war es unter dem heißen Strich mit seiner Energie bald zu Ende. Den Intrigen des Portugiesen, der sich der festländischen Kontrolle zu entziehen suchte, war der Belgier nicht gewachsen. Der Gouverneur verbandelte den Offizier mit einer seiner ehemaligen Freundinnen, einer heißblütigen serbischen Kokotte, die wegen ihres Temperaments im ganzen Archipel berühmt war. Der Belgier erkrankte von dieser Liebe. Da wurde ihm ein Inselmädchen zugeführt. Als unter den Inselleuten Krankheiten ausbrachen, kam es zum Aufruhr. Ein junger, vielversprechender Amerikaner kam dabei ums Leben.

»Wissen Sie genau, dass sich dies alles so verhält?« fragte Raoul de Donckhard den Bürgerdiplomaten.

»Ganz genau«, sagte der Bürgerdiplomat im Brustton des Informierten; er war Südseespezialist; »wir hatten ja unsern Konfidenten dort, der uns bis kurz vor seinem – ja, nämlich das war eben jener junge Amerikaner, der die Lanze in den Hals bekam, ein gewisser Fowler. Dieser informierte uns.«

»Eine nette Rattengesellschaft«, sagte Raoul. »Und nun sagen Sie, wäre es nicht möglich, dass es vielmehr dieser junge Fowler war, gegen den sich die Intrigen des Gouverneurs richteten, hm?«

Der Bürgerdiplomat sah ihn angestrengt an. »Calgareos ist pensioniert, er lebt in Paris!« sagte er leise und zurückhaltend. Man kam in den Golf von Tampico.

»Dann wäre der Belgier also doch nicht allein der Schuldige!« behauptete Raoul.

»Schuldige – da sehen Sie mal, fliegende Fische!« rief der Bürgerdiplomat und stürzte an die Reeling.

Irmelin Rose

Die Mythe der großen Stadt

Der Garten

... und von Stund an hieß sie Irmelin Rose.

Der riesenhafte blonde Gärtner mit einer Ahnung von Erdgeruch und ursprünglicher Poesie im Wesen und das kleine junge Weib freuten sich über den Zauber. Auf seinem Schoße lag das aufgeschlagene Buch. Sie saßen beide darüber hingebeugt. Ihre Gesichter trafen sich. Ihr Gehör folgte den entflatterten Reimen. Der Mann wurde milde wie ein großes Kind, sein mächtiger Körper zitterte und seine harte tiefe Stimme schmeichelte sich zum Gesang. Er sagte, und sagte es beteuernd, er wiederholte: Irmelin Rose!

Das kleine Weib lächelte. Die Augen, die blind waren vor Innerlichkeit, gingen über die Blumen des Gartens und kehrten wieder ins Innere zurück. Vielleicht hatte sie nichts von dem Gedichte verstanden, als eine Stimme, die in Gebeten zu ihr sprach. Sie lächelte wieder, sie griff sich mit beiden Händen unter die Schläfen und ordnete etwas, dort, wo ihr straffes braunes Haar zu Füllhörnern des Glücks geschlungen war. Und sie erzählte sich: Es war einmal eine kleine große Königin – Irmelin Rose!

Sie blickte über den Garten, sie blickte auf die männliche Gestalt an ihrer Seite. Sie lächelte fort. Alles huldigte ihr!

Der Wind buhlte um die Blütenhälse. Die Kelche tanzten auf und nieder. Sie schneuzten sich in den Wind, dass die Pollen sprühten. Im Rosenhag reckten die Knospen die geklemmten Fäustchen, blutig, jung und keusch. Eine ehrwürdige Matrone nur vergaß sich. Im letzten Krampfe neigte sie den verblühten Leib. Blatt auf Blatt entsank ihrer Fülle, in ihrem welken bröseligen Schoße, der sich schamlos dem Sonnenlichte entgegenspreitete, funkelten die tauigen Edelsteine ihrer letzten Sehnsuchtsnächte. Es pflückte der Wind die Todestränen und entführte sie hinab in das junge Gras.

Das junge Weib lächelte und vergaß. Es vergaß seine Herkunft. Vergaß die verstellten engen Mauern der Armeleutewohnung, die fransigen

Teppiche, auf denen es so lange Jahre der Jugend hingegangen war und von einem Garten geträumt hatte. Es vergaß das Geräusch der blechernen Schüsseln und den muffigen Geruch des ungelüfteten Zimmers. Es vergaß, wie es auf die natürlichste Weise von der Welt in diesen Garten gekommen war. Seine Augen waren so wechselnd wie das Meer, wenn der Tageszeiten Lauf die Lichter versetzt. Nur die winzig goldenen Flammenzungen darin waren und blieben eingefroren. Nun, war sie nicht eine Königin?

Irmelin hieß sie: Und, Irmelin, trug sie dennoch eine wirkliche Matrosenbluse. Der fußfreie einfache Rock hielt sich mühelos an der leichten Fülle ihrer kleinen Gestalt. Ihre Kleidung war wie die letzte Entfaltung ihres schmackhaften Körpers. Ihr Anblick war so wohltuend wie die glatte Berührung eines gesunden Mandelkernes. Nun, war sie nicht eine kleine Königin?

Der Garten war nicht groß, aber er schien unendlich in seinem Reichtum. Ringsherum führte ein Lattenzaun. Die Leute draußen kamen und gingen. Sie waren so ferne. Aber hin und wieder reckten sie sich doch die Hälse aus und durchspähten den Garten, bis sie das angenehme Köpfchen entdeckt hatten. Das Köpfchen, mit dem geteilten nussbraunen Haarmantel, der ganz dicht lag, und dem schnurgeraden Scheitel quer darüber, dessen weiße Haut schimmerte wie eine silberne Narbe. Das Köpfchen hob sich. Dann waren die Augen blind und öffneten sich nach innen und wen sie trafen, dem saugten sie die Seele aus. Aber die wohlgerundeten Brauen knickten plötzlich an den Winkeln ein.

Der Dichter ging vorbei. Sein goldbrauner Sammtanzug saß zu eng, überall rührte sich darunter das aufgeschwemmte Fleisch. An den Waden trug er geknöpfte Stoffgamaschen. Es konnte möglicherweise einen Radfahrer bedeuten, aber dazu waren die Dinge in ihrer Neuheit und Eleganz zu malerisch. Den Hut hielt er in der linken Hand, um seinen arbeitsamen Kopf der Sonne preiszugeben. In der Rechten schwang er ein dünnes Stöckchen. Seine hechtfarbenen Augen lasen Wort um Wort vom Boden auf.

Als er bei den Rosen vorüberkam, schlug er mit seinem Stöckchen gedankenvoll drauflos, dass die Blätter flogen. Eine weibliche Stimme störte ihn auf. »Halloh«, rief es, »was treiben Sie denn da?«

»Ich?« frug der Dichter. »Ich? Meinen Sie mich? Oh, ich mache ein Gedicht über die Rosen!«

»Über die Rosen?« lächelte Irmelin Rose ungläubig. »Ja, was haben Sie da nun angerichtet? Zerstören denn die Dichter das immer, worüber sie dichten?«

Der Dichter verwandelte sein blödes Gesicht. Es wurde nahezu geistreich. »Jawohl«, sagte er nachdenklich, »das kann schon so sein, ei freilich, das wird wohl schon so sein.«

»Soso«, machte Irmelin Rose. »So, dann mag ich aber keinen Dichter leiden.«

Der Dichter setzte in aller Verzweiflung seinen Hut auf und marschierte ab. Das Rosenblatt aber, das auf den Weg draußen vorm Zaun gefallen war, nahm er mit.

Irmelin Rose stand am Kiesweg und ihre Augen flüchteten wieder zurück. Es musste doch immer und ewig die kleine Königin sein, die sie dort erblickten, in ihrem Glanz und ihren Hulden. Auf warmblauem Grunde froren winzig goldene Flammenzungen. Irmelin Rose befragte ihre Sehnsucht. Nein, der Dichter war es nicht. Es war eine unklare Gestalt männlichen Geschlechtes, sie hatte kein Gesicht und keine Hände, kaum einen Leib, sondern alles an ihr war Wirkung. Ihre Wirkung aber war gedeihlich und in die Süßigkeit von Lust und Harm getaucht. Nein, dachte Irmelin, so gut es ging, der Dichter ist es nicht.

Trotzdem, der Dichter hatte sich den Weg in den Kopf gesetzt. Wenn er vorüber ging, sagte er nichts, er nahm zum Gruße nur eine Rose mit. Er war bescheiden und wählte die welke. Irmelin Rose hob den Kopf. Die gewölbten Augenbrauen waren in den Winkeln geknickt.

Der Student und der Dichter trafen zusammen. Der Student hatte seinen Lodenhut im Nacken hängen, auch trug er enge Beinkleider und einen schweren Stock, mit einem Rehspross als Knauf. Während er ging, zog er unaufhörlich Hiebe aus dem Handgelenke. Er war groß und mager, in den Schultern bäumte sich sein letztes athletisches Ideal. Die glatte Backe vervollkommnete ein säuberlicher Schmiss. Hinter dem randlosen Zwicker, der in unheimlicher Weise mit dem Nasenrücken verwachsen schien, waren ein Paar aufgeweckter Augen auf fortwährender Reise begriffen. Er ging mit dem Kopf voraus, wahrscheinlich immer durch eine Wand hindurch.

Irmelin Rose sah auf. Der Student hatte einen Scheitel entdeckt, der schimmerte hell wie eine silberne Narbe. Er näherte sich dem Zaun. Der Dichter bückte sich nach einem Rosenkelch, an dem hingen noch drei knorpelige Rosenblätter. Als er sich aufrichtete, traf er auf die Augen des Studenten, die hinter den Gläsern hervoreilten, und ihn mit der Kraft des Hasses fingen. Einen Augenblick lang verknoteten sich die beiden Willen, dann fielen sie schlaff zurück. Es ist nicht genau erwiesen, wer zuerst weggesehen hat. Beinahe gleichzeitig stoben ihre Augen auseinander. Es war noch immer früh genug, dass sie den unauffälligen Winkel zu ihrer Richtung einschlugen und sie kamen auch richtig glatt aneinander vorbei. Der Dichter nestelte an dem traurigen Überbleibsel seiner Rose. Der Student hob seinen Hut ab, von hinten in weitem Bogen nach vorne, und klebte ihn nachdrücklichst wieder an den Hinterschädel. Dabei hieb er die Hacken zusammen.

Er sagte: »Guten Tag, Fräulein!« Er war dreist aus Schüchternheit.

Irmelin Rose horchte auf. Fräulein! Der Garten wurde plötzlich eng, jenseits des Bretterzaunes war ja auch eine Welt, die begann bunt zu werden und zu locken. Es war eine Welt voll Glanz und Rührigkeit. Es gab dort eine große Menge proprer Herren, die zogen den Hut, verbeugten sich tief und sagten: »Küss die Hand, Fräulein.« Fräulein Anna, so sagten sie. Es gab große lebhafte Straßen, es roch nach Menschen und immer nach Kohlenstaub, also nach Ferne, nach Reise und Wechsel, denn man dachte dabei stets an eine Lokomotive. Die Leute taten stets so, als wäre gerade etwas Besonderes im Gange, die Erwartung fieberte von jetzt auf gleich und nicht bloß von heute auf übermorgen oder noch später. Man durfte angenehm wichtig tun. Trug stets den süßen Zwang herum, den Anschein von irgend etwas zu erwecken. Überhaupt, der Schein, das Angehen, das war das Wunderschöne an der Sache. Man bekam sich zu fühlen, die eigene Bedeutung machte ein glückliches Gesicht. Irmelin Rose spürte einen schalen Geschmack im Munde, eine Art Hunger. Ein Überschuss von Kraft plagte sie plötzlich. Ihre Sehnsucht sprach in Bildern. Ihr Gehirn stak voll Gebärden und Gefühlen. Sie erinnerte sich gleichsam an leere Stellen im Raume, die ausgefüllt sein wollten. Das war ihre Art zu denken.

Irmelin sah auf den Studenten. Sie sah nicht eigentlich die hartklugen Augen und den vertieften Schmiss an der Wange, der die übrigen Züge so reinlich anmuten ließ. Sie urteilte nicht eigentlich über den kompakten Zusammenhang zwischen Gelenk und Hand, als er den morschen Pfahl beim Anfassen zerbrach. Auch über diese stets beherrschten Schultern gab sie sich keine Rechenschaft, noch weniger aber über den vielleicht ungesunden Rücken, der ein wenig krumm war, jedoch selten ausdrucksvoll erschien. Sie hatte nur für das Vertrauen Empfindung, das die Gestalt erweckte. Der ganze Mensch strömte eine Vorstellung von Sicherheit aus. Seine Anwesenheit war die eines männlichen Wesens von unbestimmtem Äußern. In ihrer Sehnsucht nach ihm sah sie einen Kopf vor sich, der ein wohliges Gefühl von Liebe in ihr hervorrief. An allen Teilen ihres entfaltungsreichen Körpers begann es zu sprossen. Aber der Kopf mochte Locken tragen, blonde oder schwarze, oder eine Glatze zeigen, die Brust, an die sie sich drückte, mochte schmächtig sein oder gewölbt, der Rücken, den sie zu umfassen träumte, mochte ihrer Zärtlichkeit einen Höcker darbieten, sie wusste nichts Bestimmtes von alledem, sie unterlag nur einer Wirkung, einem unmittelbaren Kraftgebote hinter der Form. Die Wirkung aber, die sie brauchte, machte sie gedeihen und barg alle Süßigkeit von Lust und Harm.

»und was machen Sie nun die ganze Zeit, Fräulein?« sagte der Student in einem Tonfalle, als habe er bereits die Weile her eine Rede gehalten. Er fühlte sich als alter Bekannter. »Ah, Sie sind also die kleine Königin, die in dem Garten gefangen sitzt! Man hört so oft von Ihnen sprechen!«

Irmelin Rose seufzte. »Ach Gott, ja, hier ist es recht langweilig!«

Das Stück Welt, das von außerhalb des Gartenzaunes auf sie einsprach, störte den ausgeschlafenen Wunsch in ihr wach. Es war, als sprängen verrostete Angeln auf und sie träte hinaus in den köstlichen Zwang einer neuen Freiheit. Ja doch, wozu war man eine Königin, wenn man in einem Garten gefangen gehalten wurde? Es gab so viel zu tun. Bedenkenlos schob sie alles zurück. Der Garten verschwand in einer eigens dazu vorhandenen Versenkung. Der Garten war eine Lüge an ihrem Leben. Der Duft seiner Blumen, seine innige Ruhe, ihr Königinnentum. Sie war wieder das Proletarierkind und spielte auf der Straße. War es, bevor der blonde Gärtnersmann erschien und das kleine schöne Mädchen mitnahm, um es zu seinem Weibe zu erziehen. Eine Menge Dinge fielen ihr ein, in die man seine kleinen Hände und seine kleine Macht mischen konnte. Blitzschnell tauchte es auf und nieder. Sie hatte ein hastiges Bedürfnis sofort zu handeln. So vieles wartete auf sie, ganz Unaufschiebbares. Die Menge der Gesichter war groß, man schwamm obenauf, man ward von einem Strom fortgerissen. Der Lebensdrang überstürzte sich. Hunger griff nach dem Besitz von eitlen Dingen. Da war eine Empfindung von Mannigfaltigkeit in ihr. Sie zitterte vor Sammelwut. In den Kaumuskeln zog es, als hätte sie sie lange Zeit untätig gelassen. Ein blonder riesiger Mann stand im Wege. Unter der Herzgrube lag einen Augenblick lang etwas Flaumweiches, etwas wie ein erwärmtes Kissen, das bis in die Zehen- und Fingerspitzen vorstach. Sie flüchtete darüber weg, blindlings, sie wandte den Kopf nicht zurück und ließ sich aus voller Laune heraus die Zügel schießen. Sie hatte eine ganz tatsächliche, aber ungedeutete Wahrnehmung von Flucht, von Hintersichwerfen. Sie erhitzte sich daran zu einem Rausch von Tun und Lassen, von Selbstliebe und beifälligem Trotze. Sie war ja keine Königin. Sie hieß auch nicht Irmelin sondern einfach Anna. In der Küche daheim warteten die schmutzigen Teller. Die Mutter schalt. Sie duckte sich unter dem Schlage. Das Flammenmal auf der Wange brannte, sie schluchzte aus Scham und Demut und Wollust. Sie lief die Straßen entlang und blieb vor allen Auslagen stehen. Kaufte nütze und unnütze Dinge. Es gab ein Wiedersehen mit der roten Korallenkette, die so gut zu ihren Haaren passte. Sie kaufte sie, irgendwoher war plötzlich das Geld da. Sie trug sie nicht. Nur im Kästchen sollte es daheim liegen. Abends trat sie damit vor den Spiegel – sie war schön. Vielleicht nahm sie die Korallen doch einmal mit hinaus auf die Straße, oder in ein Restaurant, damit die armen Korallen zu ihrem Rechte kämen. Zum Beispiel, einmal würde sie neben einem Studenten sitzen, im beleuchteten Saal. Die Anwesenheit des Dichters war wünschenswert. Er hätte vielleicht eine sympathische Bemerkung fallen lassen, oder ein Gedicht gemacht. Ein großer blonder Mensch mit breiten Schultern war auch da. Es entlastete, sich unter seiner Obhut zu wissen. Überhaupt, alle kamen sie zusammen. Das Leben erhielt erst so recht seinen Sinn – – –

Irmelin war voll Eifers wie ein überfließendes Gefäß. Sie machte ein paar Schritte den Zaun entlang. Der Student blieb mit ihr in gleicher Linie.

Irmelin Rose! Irmelin Rose trug den Duft von Blumen an ihrem königlichen Leibe. Sie wiegte sich beim Gehen in den Hüften, man mutmaßte, sie bewege sich unausgesetzt nach dem Takte einer inneren Musik. Der Student frug: »Was tun Sie also immer, Fräulein?« Was war das für eine Frage? Man sah ja, was Irmelin tat. Sie ging nicht, sie lief nicht, nein, sie lebte nicht einmal, sie wandelte. Jawohl, Irmelin wandelte in einem Blumengarten. Das eben war Irmelin Rose.

Was hatte der Student für eine Frage gestellt? »Fräulein!« hatte er gesagt. Irmelin Rose fasste sich ein Herz und sagte: »Ich heiße Anna.« Sie hoffte, nun würde er den Namen laut aussprechen. »O«, sagte er, »das freut mich sehr. Nein, wirklich, dann heißen Sie also Anna, Fräulein Anna?« Er zückte allen Ernstes seine Brieftasche und steckte ihr eine

Visitkarte über den Zaun. Dabei verbeugte er sich und hieb die Hacken zusammen. Ein Wunder, dass die Stiefelabsätze nicht kaputt gingen. Irmelin nahm die Karte und tastete an ihrem Rocke herum. Da sie jedoch keine Tasche fand, ließ sie die Karte kurzweg in den Ärmel ihrer Matrosenbluse verschwinden, der ihr dünnes Handgelenk umklammerte. Sie gingen die Seite des Gartens ab, sie drinnen, er draußen. An der Ecke kehrten sie um. Das taten sie ein paarmal.

Irmelin Rose wandelte, das musste allen auffallen. Sie war ja gar nichts anderes als eine wandelnde Blume. Aber sie hieß Anna, und sie war im Besitze eines bürgerlichen Taufscheins. Das bedeutete auf alle Fälle eine Zweideutigkeit des Schicksals. Es handelte sich darum, wie würde Irmelin Rose darüber hinwegkommen? Aber sie kam darüber weg. Sie warf alles hinter sich, mit einem Schlage, so federleicht wog es, genau wie sie selber – denn in Wirklichkeit war sie vielleicht doch nur eine wandelnde Blume. Gott! Wie vernünftig sie war! Sie sah es ganz gut ein, man konnte nicht ewig eine kleine Königin bleiben. Obwohl das nahe lag. Es gab einige ganz seltsame Sachen – ob die anderen Menschen auch davon wussten? Aber jedenfalls war es gut, dass man Anna hieß. Es war ein vielversprechendes Gefühl, im Besitze eines bürgerlichen Taufscheines zu sein. Wie schrecklich, wenn man ewig eine Königin bleiben müsste – –

Was war denn in Irmelin gefahren? Das Andere. Die ewige Möglichkeit. Irmelin Rose wollte jetzt das Andere. Das Andere war allemal sie. Sie sammelte, sammelte: sich. Da war ihre Schatulle. – Das ist verdächtig. Sammelte sie vielleicht bloß für die? War das ihr Geheimnis? – Sollte sie gleich hinauflaufen … nein, doch jetzt nicht, man musste mit den Genüssen sparen. Abends, wenn die Kerze im Zimmerchen brannte, war es um so heimlicher – –

Das Andere, das war früher ein Garten gewesen und ein Prinzessinnentum. Eine blonde Männlichkeit; die Verwöhnung von seiten einer herrischen Zärtlichkeit. Jetzt war das Andere eine lebenschwärmende Stadt und ein Kreis von Gesichtern. In der runden Mannigfaltigkeit des Geschlechtes zählte dann auch der Minderwertige und Unwirksame. Die Anderen waren der Vorzug des Einzelnen. Irgend etwas Nahrhaftes lag in der Luft. Die Vielen gaben die eine unpersönliche Wirkung. Man gedieh. Man fühlte die Kräfte wachsen. Ein Sprungnetz von anerkennenden Blicken war ringsum ausgebreitet und man konnte alles riskieren. Das war diesmal das Andere.

In Irmelin war eine Inbrunst zu geben und eine Hamstersehnsucht, zu nehmen, zusammenzuraffen. Sie brannte darauf, einzuheimsen. Blicke, Sehnsuchten, Wünsche, Dienen und Herrschen. Irmelin Rose wusste es ja nicht und keiner wusste es. Irmelin Rose war eine junge unerschlossene Mutter. Von aller Welt musste sie sich bestätigen lassen, dass sie dazu da war, von aller Welt Mutter werden zu können.

– – – die Schatulle war ein wichtiges Ding. Ganz voll war sie schon. Was da noch kommen würde? Hm, vielleicht musste man schon eine zweite haben. Auch die konnte bald voll werden. Ja, es war geradezu eine persönliche Verpflichtung, dass sie es wurde. Nun eben, es blieb nichts anderes übrig, als schleunigst nach der Stadt zu gehen … Der Kohlenstoff war irgendein Produkt, das war ungemein lehrreich. Freilich, das war viel gesünder. Die Schatulle würde alles absorbieren – sie würde bis obenhin voll sein – mit saurem Stickstoff, das musste man sich merken. Jawohl, nein, ja, ja, dort hinten wohne sie – – –

Irmelin zeigte mit der Hand nach dem seitwärts liegenden Gartenende. Dort stand das Haus mit drei Seiten im Garten. Die zwei rechten Fenster, in den Garten heraus, seien Irmelins Zimmerchen. Irmelin war auch in die Schule gegangen. Man musste doch etwas antworten. Sie sagte also: »Das meine ich auch, der Sauerstoff, den die Pflanzen abs – abs – der kann doch nicht gesund sein!«

Der Student horchte auf die schluckende Stimme. Er sah hin auf den roten, altklug tuenden Mund. Aber Irmelins Augen blieben so blau und blind, dass sie die abgeschmackte Weisheit des Mundes Lügen straften. Der Student, in dem bedrohlichen Gefühl, es handle sich um eine Auktion von Kenntnissen, beeilte sich zu betonen:

»Sauerstoff, sehr richtig, Sauerstoff, den die Blüten bei Nacht ausatmen, ist gefährlich.« Darauf entstand eine kleine Pause. Plötzlich wurde der Student rot, an der Stirn und an den Schläfen. Deutlich rot. Er machte ein Gesicht, als hätte er sich in die Wangen gebissen.

»Nein«, schrie er, beinahe aufgeregt, so dass Irmelin Rose erschrak, »nein! Kohlenstoff! Sie haben mich ganz wirr gemacht, Fräulein. Ich habe ja schon gesagt, Sauerstoff ist das, was absorbiert wird. Wenn ich nicht irre, sprachen Sie von Sauerstoff? Nicht wahr? Kohlenstoff, meine Liebe. Also, sehen Sie, es muss heißen: Kohlenstoff! Das ist natürlich ein doppelter Prozess. Passen Sie auf, ich werde es ganz genau erklären. Die Assimilation …«

Der Student schwelgte in einer Rolle Wissenschaft. Er verrenkte die Augen, er krähte förmlich in seiner Hahnenweisheit. Da geschah die Veränderung. Irmelin Rose erschrak erst, dann lächelte sie, endlich wurde sie ärgerlich. Die weitgeschwungenen Sicheln der Augenbrauen waren in den Winkeln geknickt. Es ward ihr flau zumute. Sie besah sich den Studenten überm Gartenzaun. Alles war weg. Was wollte dieser lange lächerliche Mensch von ihr? Seine Schultern waren nicht ganz geheuer. Überhaupt, er hielt sich krumm. Seine Gescheutheit war plump und dumm. Die Augen hinter den scharfen Gläsern schienen klein und stechend.

»Jetzt muss ich wohl gehen«, sagte Irmelin Rose und ging davon. Sie sagte noch »Adieu«, fertigte ihn ab. Der Student unterbrach sich bei der Assimilation. Er schnupperte vor sich hin, zum ersten Male griff er nervös nach seinem Zwicker und richtete etwas an der Lage. »Küss die Hand, Fräulein Anna«, rief er ihr nach. »Wann kann ich Sie wieder sprechen?« Irmelin Rose kehrte sich ein ganz klein wenig um, ohne hinzusehen und zuckte schweigend mit den Achseln. Sie stand fünf Schritte vom Zaun entfernt, ganz in der Nähe vom Rosenhag. Ein Rosenblatt brach ab und ließ sich auf ihr Köpfchen nieder. Es entging ihr. Das Blatt war blass, wie eine kleine Muschel gehöhlt und endete in einem weißlichfleischigen Kolben. Den Studenten, der das mitansah, befiel eine krankhafte Sehnsucht nach diesem braunen straffbehaarten Köpfchen mit der silbernen Narbe und dem rosigen Krönchen darauf. In diesem Momente war es todsicher, dass der Student den Anblick nie mehr in seinem Leben aus dem Gedächtnisse bringen würde.

Am nächsten Tage saß Irmelin wieder hinter dem Gartenzaun und las in einem Buche. Kamen da Arm in Arm der Student und der Dichter daher und blieben ohne Absicht gerade vor dem Garten stehen. Irmelin Rose sah und hörte nichts. Darum grüßten die beiden auch nicht. Aber ihre Hände waren sprungbereit, nach dem Hute zu fahren, der beim Dichter dazumal ganz speziell am Kopfe saß. Sie sprachen so laut, dass ihre Worte jenseits des Gartenzaunes hätten verstanden werden können, so unvorsichtig waren die beiden. – Fatal, wenn das der Fall gewesen wäre! – Vorausgesetzt, dass jemand da war, der sich dafür interessiert hätte. Aber das war, wie gesagt, nicht der Fall. Der Student erzählte von einem Sonett, das er gedichtet hätte, und von einem »Blumenkrönchen auf dem straffbehaarten Köpfchen«, das darin vorkomme. Daneben zerbrach er sich den Kopf, ob es ein poetischer Gedanke wäre, von

»goldigen Beistrichen in eines Auges blauem Rund« – er zielte nämlich auf die malerische Präzisierung irgendeiner Laune des Farbenspiels der Iris ab – zu sprechen. Der Dichter hingegen fuhr ihm immerwährend dazwischen. Er gab eine zynisch-materialistische Anschauung über die Liebe zum besten und sprach von einem ruinösen Wirken. Nachdem sie ritterlich oder blasphemisch ihrer Rache genug getan zu haben glaubten, zogen sie beide befriedigt und in einträchtigem Streite wieder ab.

So lebte Irmelin Rose. Was war sie nicht alles? Sie war ein Kind, ein Weib, eine Königin und ein alltäglicher Gedanke und ein Mütterchen. Sie wandelte. Sie ging auf den Kieswegen oder trieb sich am Rasen unter den Obstbäumen umher. Die gepflegte Erde war ein wenig feucht und sie spielte mit Irmelins Fuße, der trotz der kommoden Schuhe noch immer klein war, sie umklammerte die Sohlen mit einer gelinden Liebkosung wie eine neckische Hand. Irmelin stand eine Stunde davor und betrachtete angelegentlich das Konterfei dieser ihrer untersten Seite. Morgens, wenn der Tag noch ein silberner Spiegel war für die Welt, kam sie mit nackten Füßen vorsichtig aus ihrem Kämmerchen geschlichen. Die Steinchen schmerzten und die borstigen Halme kitzelten sie an den Zehen, aber auf der feinen Haut der Fußbuchtung konnte sie erst recht nicht gehen. So stelzte sie also, so schnell es ging, auf den abgehärteten Fersen, bis sie ins weiche Gras kam. Das Näschen legte sich in krause Falten und die Augen waren hart vor Bläue. Sie befühlte das niedliche Hühnerauge am Linken, es war so allerliebst und tat ein bissel angenehm weh. Des Mittags, wenn es heiß war, lag Irmelin in der Hängematte in der Weinlaube. Der Wind klappte die großen Weinblätter um, ein paar Scheffel Blendgold fielen in die gründunkelnde Kiste. Denn Irmelin machte sich klein und behauptete todestraurig vor sich, sie wäre eine winzige Froschkönigin am Grunde einer tiefen Kiste, die nie, nie wieder sich auftun sollte. Mittlerweile summten die Bienen und kamen oft beängstigend nahe an den Maschen der Hängematte vorbei. Eine fette Brummfliege wütete und klatschte gegen ein Weinblatt, polterte gegen das Holz. Da lag Irmelin und träumte. Sie hatte stets eine kleine Sehnsucht. Die altitalienische Prinzessin von der Ansichtskarte hatte ein so feines Gesicht und einen so schmalen langen Hals. Sie sah immer geradeaus, kehrte einem dieselbe glatte Gesichtsseite zu, ohne je einen Muskel zu rühren. Warum lächelte sie gar nicht? Hatte sie in Wirklichkeit auch nicht gelächelt? Wenn andere Mädchen photographiert werden, so lachen sie immer. Wenn sie sich doch bewegt hätte! Hm, ganz sonderbar hätte das werden müssen. Unerträglich war es, sie so anzusehn und nicht mit ihr sprechen zu können. Man sollte doch wahrhaftig eine Freundin haben! Das gehörte einmal dazu, dass man eine Freundin hatte! Man könnte so gut miteinander sein. Es gab Dinge, damit konnte man sich nur vor einer Freundin ein bisschen großmachen. Überaus interessant war es auch, was sie für ein Gehenke im Haar trug. Es waren Riemen aus rotem weichem Leder, und goldene Litzen und funkelnde Rauten waren aufgenäht. Warum trug das heute niemand mehr? Es war zu verwundern. So merkwürdig war es, beinahe gar nicht auszuhalten. Man musste immer daran denken. So angenehm war es, daran zu denken.

Irmelin merkte nie, was um sie herum war, das war das Eigentümliche an ihr, sie merkte stets nur das, was nicht da war. Abends begann der Himmel silbern aufzublühen, und Irmelin seufzte. Sie lehnte sich vertrauensvoll an eine männliche Schulter, fühlte ein blondes Kinn an ihrer Stirne, sie begrub ihr Köpfchen in einer großen milden gütigen Hand – – – Das war die Hauptsache an ihrem ganzen Leben. Aber Irmelin merkte immer nichts, und nur das, was nicht da war. Wenn sie sich recht auf ihr Dasein besinnen wollte, so spürte sie einen Geruch von Männlichkeit um sich, das war alles. Erde, Tabak, ein Geruch nach männlicher Haut und männlichem Haar und der leise Duft von Samenstäubchen, die sich im Haupt- und Barthaar festgesetzt hatten. Das war der große blonde Gärtnersmann, der sie seit Monat und Tag von der Stadt weggeholt hatte, um sie zu seinem Weibe zu machen.

Die ganze Zeit her war es schön gewesen. Nachmittags begann es zu regnen. Der Garten sah vergrämt und verschwollen aus. Auf den Kieswegen schlängelten sich kleine Sandbänke und die glatten Beete standen voller Gruben und Hügel. Wie einsam war das Leben in diesem Garten! Irmelin saß am Fenster, sah auf die gedemütigten Blumen herab und weinte. Alles war so kläglich. Der Gärtner kam mit seinen schweren Stiefeln ins Zimmer. Er polterte ein wenig. Irmelin schrak auf, nachdem es schon längst vorbei war. Blitzschnell überlegte sie, dass das wohl so zu erfolgen hätte, denn die Stille und der Schmerz würden verscheucht werden. Eine ganz zeitlose kleine Unduldsamkeit gegen jeden Zweiten und besonders gegen diesen Zweiten fand schleunigst Musse zu verweilen und wieder zu verschwinden. Der Gärtner lächelte, sein blonder feuchter Kinnbart dampfte. Wie er ins Zimmer trat, verbreitete er etwas Freudiges,

Nahrhaftes um sich. »Grüß Gott, Irmelin«, sagte er. Irmelin lief ihm entgegen, er hob sie in die Höhe wie ein kleines Kind. Seine Schultern waren breit und fest wie Muskelbolzen, aber Irmelins kleiner Arm ging beinahe um seine Hüften. Er zog die Stiefel aus und legte sich mit den Socken auf das Sofa, das ihm viel zu kurz war. Irmelin pochte zum Scherz an die Rippen, hinter denen es wie aus einem Gewölbe klang, und tanzte mit der forciert atmenden Brust auf und nieder. »Großer Blonder«, sagte sie, »versprich etwas!«

»So, schon wieder!« Und er heuchelte ein ängstliches Gesicht. »Du Nimmersatt! Du liest ja viel zu schnell! Du musst eben noch einmal von vorne beginnen!«

»Ach nein«, zögerte Irmelin, »'s ist etwas Andres. Na du«, drohte der Gärtner, halb im Scherz, halb in ahnungsvollem Ernste. Irmelin war sonst nicht ängstlich im Wünschen.

»Hier regnet es immer«, bereitete sie vor. Da lachte er gerade heraus. Sie sah ihn verzweifelt an, die Tränen kamen ihr in die Augen. Da lachte er nicht mehr. Er nahm ihre Hände, er begrub sie in seiner mächtigen Faust, die von dem heiklen Dienst der Rosenedlinge und der zarten Bastfäden gebändigt war. Er erschrak ernstlich. »Du willst in die Stadt?« frug er endlich.

Irmelin sagte voller Schauer über ihre Schrecklichkeit: »Ja!« Einfach ja!, es hinten im Gaumen hervorhauchend, die vermessene Schwere des Augenblicks verlangte es. Sie legte ihm die Hand an die flaumige Wange und senkte die Augen, denn sie bangte voll süßen Grauens vor der Fühlbarkeit der Übermacht, die sie in ihm beschworen haben musste. Sie fühlte sich süß zerbrechlich unter seinem Blicke.

Da schlug sie verwundert die Augen auf. Des Riesen Stimme klang verzagt. Er sagte: »Irmelinchen, Prinzesschen, kleine Königin, warum willst du das tun? Die Stadt ist nichts für Leute wie dich und mich. Wir gehören zum Garten und zu den Blumen, zu den Rosen, Irmelin Rose, Irmelin Röschen – die Stadt wird dich verderben.«

Irmelins Augenbrauen waren bitterböse geknickt. Nein, diese blauen Augen, die wie ein Strahlentrichter nach innen gingen, immerfort nach innen, konnten nie etwas Anderes sehen als eine kleine Königin. Diese Augen waren prallend blau. Winzig goldene Flammenzungen waren darin erstarrt. Der blonde Mann versuchte hineinzusehen, versuchte ein blondes Mannesgesicht dann zu erkennen. Das war vergebliche Mühe.

Irmelin ließ sich hochmütig vernehmen: »Aber ich bin doch ein Stadtkind! Ich will doch nicht ewig in einem dummen Garten wohnen.«

Der Gärtner zog wieder die schweren Stiefel an. Im Garten drunten ging er auf und ab. Es hatte aufgehört zu regnen. Er schüttelte den Kopf, während er ging. Aus Gewohnheit trat er zu den Blumen, richtete sie auf, die von dem Regen niedergetreten dalagen, und schob mit dem Stiefel eine Erdscholle zurecht. Wie schön doch der Garten war! Ein junger seimiger Geruch stieg auf. Der Himmel gleißte blassblau, die Wölkchen waren Riesenreptile mit silbernen Schuppen. Über der Hügelkette lagen drei rotdurchglühte Lachen mit gebrochenem Goldsaum, intensiv wie ein erstarrter Zickzackblitz. Der Gärtner lauschte in das Fallen der Tropfen. Ein Heer von Tropfen war auf dem Marsche. Friedsam, reifend, säugend, zärtlich lag der Garten. Das war das Leben. Und die Stadt?

Er stampfte auf, aus Zorn; um das Schreckgespenst zu bannen. Gerade über seinem Haupte sah er deutlich die Speichen eines Wagenrades herabkommen. Als kleiner Junge war er das erstemal in der Stadt gewesen …

Es blieb ein tiefes Loch von seinem Absatze in der Erde zurück. So stark war er. Irmelin oben am Fenster erschauerte. Sie fühlte eine interessante Beziehung zu dem Märchen von der Prinzessin, die von dem Untier gefangengehalten wurde. Wie kam es, dass er sie noch nie erdrückt hatte? Diese ungerechtfertigte Gunst des Schicksals verstimmte beinahe. Es gelüstete sie, bedauert zu werden.

Der Abend war schwül. Die Erde dampfte. Der Mond glotzte wie ein blutig rotes Auge. Irmelin ging an Blumen vorbei. Sie machten abenteuerliche Gesichter, zwinkerten aus halbgeschlossenen Lidern und schreckten Irmelin. Unversehens strichen sie ihr über die Hand und ließen einen feuchten Kuss zurück. Dort wo die ägyptischen Sumpfblumen üppig standen, huschte Irmelin vorüber, versucherisch, das Grauen herausfordernd, das sie ihr einflößten. Was war an diesen Blumen? Woran erinnerten sie? Irmelin sträubte sich, aber es zog sie hin, trotz der Beklemmung im Schlunde. Manchmal dachte sie an den Dämon aus dem Märchen, an eine zottelige penetrante Umarmung. In wächsernen Düten sammelten die Blumen das Mondlicht; die gelben fetten Stempel züngelten lüstern und krümmten sich über den Rand, sich abscheulich verdünnend, wie ein langer lasterhafter Finger. Im Röhricht schnarrten die Frösche im Chor. Eine Unke sang. Der Boden röchelte und gurgelte. Die Erde schmatzte. In der Ecke bei dem alten steinverfallenen Keller, wo die Obstbäume dicht standen, kicherte ein Käuzchen.

Auf der Bank vor dem Hause saß der Gärtner. Irmelin setzte sich auf seinen Schoß. Sie nahm ihn um das breite Handgelenk. Die kleinen Finger langten nicht aus. Unter dem Schutze dieser Hand war sie geborgen. Irmelin gab sich keine Rechenschaft von den Kräften, die in sie überströmten. Sie tat jedem einzelnen Finger lieb. Liebkosung war ihre natürliche Gedankenlosigkeit. Im nächsten Augenblick besann sie sich, um etwas Liebes tun zu wollen, aber jetzt, da sie es beabsichtigte, gelang es nicht. Es blieb ein Zwischenraum in ihr, den sie vergrößerte, von Pause zu Pause, die sie sich gab. Schließlich langte sie mit den Händen unter die Schläfen, wo die Haare zu Füllhörnern des Glücks aufgerollt lagen, und befestigte etwas. Dunkeläugig und mit gebeugtem Köpfchen sah sie unter den Brauen hinweg ins Ferne. Da wurde sie lebhaft.

»Großer«, schmeichelte sie. Ihre Hand kam wieder um das männliche Gelenk. Der Gärtner beugte sich vor und strich mit seinen Lippen über ihr feines straffes Haar. Irmelin merkte es beinahe nicht, aber ihre Haut und ihr Fleisch gediehen. Den Gärtnersmann sengte es im Herzen. Er sagte: »Ja! Ja!« und unterdrückte eine wehe Beklommenheit. In der Ecke beim verfallenen Steinkeller, wo die schweren Bäume sich drängten, kicherte ein Käuzchen. Aus der Erde kam ein Gurgeln. Die Frösche schnarrten und die Unke sang. Wie rund Irmelins Köpfchen war!

»Also, gehen wir?« drängte Irmelin.

»Irmelin!« bat der große blonde Mann. Da wurde Irmelin traurig und verfiel. Das konnte der Mann nicht mit ansehen. Er räusperte sich, als Vorbereitung zu einem Entschlusse. Es war aber gar nicht seine heisere Stimme, sein Gemüt war gleichsam heiser und er wollte es befreien. Er räusperte sich also und sagte plötzlich hart: »Also gut, Irmelin Rose. Nächste Woche fahren wir in die Stadt!« Alles wurde klar vor diesem Worte. Es war wie ein fanatischer Besen, der in das aufregende, blutdürstige, dämonische Spinnwebennetz fuhr, und der gesunde weiße Mörtel kam zum Vorschein. Recht laut ging es doch heute im Garten zu! Was die Frösche für einen Spektakel machten, denen tat die Pfützerei wohl. Richtig, jetzt hatte er wieder vergessen, in der Ecke bei dem alten Steinkeller die Falle zu stellen. – Aber das sollte nun schon alles aufgehoben werden, bis man von der Stadt zurückkam. Es war doch eigentlich ein prächtiger Einfall von Irmelin, dass sie nun nach der Stadt gingen. Selbstverständlich nur auf ein paar Tage. Man konnte sich jetzt schon auf das Wiedersehen mit dem Garten freuen. Wirklich, es war herrlich, in die Stadt zu gehen, mit dem Garten als Rückhalt. Es geschah ja gleichsam ihm zuliebe – wer weiß, was man alles profitieren konnte. Rein lächerlich, diese grundlose Beklemmung vor der Stadt – – –

Schwarzverhangen war für Irmelin die Erfüllung. Sie hatte verzagt aufgesehen. Seine Worte hatten unversöhnlich nachgegeben. Aber sie hielt sich an das Versprechen. Eine Weile hatte sie triumphiert. – Wie die Unke weinte! Tropfen fielen von Blatt zu Blatt, langsam. Sie sagten, dass alles aus sei. Was denn? »Alles – aus, alles – aus«, sagten sie. Die Zeit nahm träge Schritte, als käme sie nicht mehr weiter. Alles – aus! Was konnte das für ein Vogel sein, in der Ecke bei dem alten Keller, der so wehmütig pfiff? Eigentlich, es war traurig, dass man nun von dem armen Garten fortging. Bedenket, so ganz einsam musste er jetzt bleiben und niemand kümmerte sich um ihn. Ach, sie war so müde und schläfrig. Jetzt würde ein lauter Tag nach dem anderen kommen. Sie saß nicht mehr zwischen den stillen Blumen, anstrengungslos, verwöhnt – ihr bangte vor Anforderungen und Regsamkeit. Was für gute knappe Hände der große Mann hatte. Nun war es nicht mehr im Garten, dass sie auf seinem Schoße so süß träge sein konnte – – –

Im Zimmerchen brannte die Kerze. Irmelin saß im Bette, machte einen lieblichen runden Rücken, den man bei der unruhigen Beleuchtung drüben im Spiegel auf- und niedertauchen sah und kramte in der Schatulle. Eines nach dem Anderen nahm sie sorgfältig heraus und schichtete es eben so sorgfältig wieder ein. Jedes Einzelne musste nach langer Zeit wieder ausgekostet werden. Heiligenbilder als erste Liebespfänder, Schmuckfragmente, steilbeschriebene Papierfetzen mit Klein-Jungen-Ortographie, welke Blumen, die raschelten und wie Tee rochen, Visitkarten, rosarote und lila Billetchen und großkuvertige Episteln. Dann die Photographien. Die männlichen. Gott, diese feierlichen Gesichter in den tadellosen hohen Krägen Wenn man bedachte, dass das sozusagen Eigentum war, ein Schatz von Triumphbehagen, den niemand nehmen konnte. Sie fletschte die Zähne vor Eroberlust. Brrr, jetzt explodierte die Kerze, ein-, zwei-, dreimal knallte es, dann wurde die Zunge groß, es prasselte, und die Lichtzunge wurde klein und bläulich. Arbeitsmüde legte sich der verhältnismäßig längliche Docht des kleinen Wachsstümpfchens zur Ruhe. Ffft – ward die Kerze ausgeblasen. Irmelin Rose rutschte ein bischen vom Kissen herunter und knäuelte sich schluchzend vor Lebenslust in die Decken – mit kundiger Hand, wie in einen luftdichten Federnsack. Die Kerze rauchte noch. Ein paar strähnige graue Locken zogen milchig durch die Dunkelheit in die Höhe. Das Fenster war ein großes graues Quadrat, das war beruhigend. Man wusste ja nicht, ob man nicht zufällig blind war, wenn es ganz schwarz gewesen wäre. Es roch süßlich nach verbranntem Wachs wie in einer Kirche. Ach, das Leben - - -

Die Stadt

Es war Nachmittag. Die Stadt zeigte bereits das Gepränge des technisch bewaffneten Verkehrs, gehoben durch die wirkungsvollen Stauungen eines untätigen Luxus. Die Zeit schien zu rasen, denn die Weile kam ihr auf halbem Wege direkt entgegen, wie zwei aneinander vorbeizuckende Züge zerrissen sie den Augenblick. Es war die Verbrüderung der Geschäftigkeit ohne Inhalt. Eine Vorbereitung war es, eine Vereinbarung zwischen den Eingeweihten eines öffenlich geheimen Spieles. Jeden Moment konnte es losgehen, dann geschah das erwartete Unerwartete. Ein letztes Lächeln, ein letztes Einverständnis nahm die gegenseitige Parole von den Gesichtern. Wer hier nicht mittat, wer nicht darum wusste, der war ein Ausgestoßener. Hier wurde im Ernstfalle nur der Mitspieler als Zuschauer zugelassen. Und jeder sah, dass etwas in der Luft lag, obwohl keiner der Eingeweihte war. Jeder vermutete es vom Andern. Jedem schienen die übrigen im Einverständnisse. Nirgends fühlte sich der Einzelne so einsam wie unter den Vielen, denn man sah es ihnen an, dass sie unter einer Decke steckten. Die Stirnen waren verklärt oder verkniffen oder irgendwie, darauf kam es gar nicht an, bloß dass sie überhaupt irgendwie waren, schienen sie geladen von einem verschmitzten Wissen. Zweifellos, es musste sofort etwas geschehen. Die Blicke sprangen aus den Köpfen heraus, sie suchten, schauten hin und her wie gescheuchte Fledermäuse, streiften mit krankhafter Empfindlichkeit über das ganze Bild, sie tasteten nach einer Pointe darin. Es war noch nicht da - aber jetzt musste es kommen. Halt - war es das -

Vor der beängstigend hohen Glasscheibe eines Auslageraumes, die nahezu ein Stockwerk ausfüllte und bis einen Fuß über den Boden ging, standen zwei Menschen. Sie hatten etwas vor, man sah es ihnen an. Sofort blieben einige der Passanten stehen. Es trat eine Stockung ein, es wurden ihrer immer mehr, schließlich stand da ein Block von Menschen. Einzelne bröckelten wieder ab, sie mussten vom Bürgersteig herab in die Gosse treten, um sich vorbeizudrücken. Die Hinterstehenden reckten die Hälse, obwohl nichts Sehenswertes da vorne zu bemerken war. Das junge Mädchen drehte einfach den Schlüssel um, dann öffnete sie vorsichtig den riesenhaften Fensterrahmen, gerade weit genug, um den fahlblonden Kopf mit der schwarzen Samtschleife und den einen Arm zusamt dem Flederwisch in den entstandenen Winkel zu stecken. Zwanzig Paar Augen waren auf sie gerichtet. Ihr Nagetiergesichtchen mit dem blutarmen Teint lief in ein langes spitzes Kinn aus und versüßte sich in einem zu kleinen Munde mit hängenden Ecken wie eine Apfelsinenschnitte. Die Menge stand da und gaffte. Das Mädchen stützte eine Zeitlang die unbeholfene Glasscheibe, die in ihrem oberen freien Zipfel übermäßig elastisch wippte. Ein junger Herr von etwas schäbiger Eleganz – es war nämlich ein kleiner Knirps mit langen schnabeligen Schuhen – stürzte eilfertig heraus und bediente die ungnädige Fensterscheibe mit einer dreibeinigen Stelzvorrichtung. Mittels eines armdicken Zapfens wurde ihr ein flacher Holzteller untergeschraubt und sie beruhigte sich. Der Jüngling hatte seltsamerweise keine Schultern, oder sie waren ihm bei Gelegenheit etwas heruntergefallen, dorthin, wo bereits die Büste hingehört hätte. Es war das einzig merkwürdige an der Zeremonie, abgerechnet die andächtigen Koketterien des Flederwisches, der über Spazierstöcke, Bijouterien und pathetische Figürchen hintänzelte. Hinter dem Vorhange, der gegen das Innere abschloss, erschien ein runder, geschmeichelt grinsender Schädel und beäugte den vielversprechenden Menschenandrang vor dem Geschäfte. Das war also das Ganze. Die Menge stand noch eine Weile und unterzog das Schauspiel einer über sich selbst erstaunten Würdigung. Mancher hatte genug und ging weg. Da, plötzlich, als wäre es abgemacht, kam der ganze Knoten ins Rollen, er fiel auseinander und pflanzte sich nach den entgegengesetzten Richtungen hin fort. Das Gesicht hinter dem Vorhange sah auf einen leeren, vollständig nackten Platz. Die aufschwärmenden Bogenlampen beleuchteten für ein paar Atemzüge lang die quadratischen Fugen des vereinsamten Pflasters, auf dem nach und nach wieder ein Paar auf- und niedertretender Beine erschienen. Die beiden Arbeitenden im Auslageraum krochen heraus und zogen sich in das Geschäft zurück. Das Gesicht hinter dem Vorhange verschwand und nahm eine dunkle Genugtuung seiner einschüchternden Wirkung mit sich.

Indessen wanderte der Knoten, und, merkwürdigerweise, er behielt den kompakten Zusammenhang bei. Was er bei seinem fluktuierenden Fortschreiten an den Verlockungen der Schaufenster abschliff, das setzte er andererseits wieder an. Es war wie eine ideale Wellenbewegung. Der Verkehrsstrom war nirgends von einer unvorbereiteten Dichte. Irgendwo im Wellengange war ein toter Punkt. Es erschien ein Fußgänger, dann zwei, dann mehrere, schließlich folgte eine Maximalverdichtung, die sich allmählich mit mehr oder weniger Präzision wieder verdünnte. Hier war ein eingeborener Rythmus am Werke, den das Bewusstsein nicht auffing, eine Kraft, die steigend und fallend kumulierte. Als Zufall wälzte sich die rythmische Vorsehung dahin. Dieser Menschenknoten repräsentierte ein Suggestionszentrum. Die Atem waren nicht mehr unverfälscht, die Ausscheidungen der Blute und Lungen steckten einander an. Die gedrängten Körper berührten sich an Ellenbogen, Hüften, Schenkeln, die empfindlichen Nerven nahmen voneinander Notiz. Die scheinbare Solidarität der Masse bestärkte im Einzelnen die Erwartung. Die Argusaugen der Sensation spürten in alle Ritzen des Verkehres, während die beiden Menschenraupen mit ihren Dichtigkeitsringen sich auf den Trottoiren vorwärtsschoben.

Da – wieder – plötzlich ging eine Veränderung im Straßenbilde vor sich. Innerhalb des Mangels an Beharren selber, innerhalb der Übergänge fand die Änderung statt. War da ein Schrei erklungen? Waren da mehrere alterierte Stimmen durcheinander gefahren? Hatte da das Signal einer Automobilhupe gewarnt, ängstlicher und äußerster als gewöhnlich – gleichmäßig ergoss sich der brausende Wasserfall von Lauten weiter, eine unmerkliche Anschwellung, wie wenn irgendwo eine Mühle zum Stillstand kommt, eine Schleuse sich öffnet, verlor sich in die Breite. Ein Hall pflanzte sich fort von Nerv zu Nerv. Die Leute hemmten den Schritt, wie sie da gingen, blieben sie stehen, beinahe noch mit dem Beine in der Luft, so blitzartig reagierte ihre Wahrnehmung.

Irgendwo musste etwas geschehen sein. Ein Unglück musste sich ereignet haben. Obwohl nichts Besonderes zu bemerken war, richteten sich die Blicke alle auf einen gewissen Punkt, gerieten unwillkürlich in die Stromtendenz eines magnetischen Feldes. Die Hälse drehten sich, während die Körper noch im Schusse der Bewegung blieben, mit einer kleinen Schwenkung der einen Schulter zum Fahrdamm hin, indem die Beine beherrscht stolpernd übereinander traten. Eine Säule menschlicher Stirnen blockierte einen bestimmten Fleck der Straße gleichsam mit qualvoll nacherlebtem Entsetzen, bannte eine Gefahr zur Stelle die schon längst vorüber war. Was war geschehen? War die Katastrophe eingetreten? Fand das Rätsel der Stadt und ihres geheimnisvollen Lebens seine Lösung? Jetzt, hier, in einer Minute, ging etwas zu Ende, das man solange in sich herumgetragen hatte?

Nicht mehr ganz in der Mitte der Straße, an der Ecke, wo eine andere Gasse einmündete, stand ein kleines Mädchen. Es rührte sich nicht, es war gelähmt vor Schrecken. Alles war so schnell vor sich gegangen, das Bild von vorhin hing noch in den Blicken. Das Auto brach um die Ecke, zitternd, blasend, fauchend, mit Blendlaternen als Augen und einem vergitterten Rachen – der Chauffeur saß steif vor Aufmerksamkeit, er entdeckte eine mögliche Gefahr, bückte sich, aufscheuchend, beeilend mahnte die Hupe – da blieb das Mädchen plötzlich ohne Grund mitten in der Straße stehen, die Augen waren unsäglich rund und groß, es erstarrte vor Angst, es stand da und sah dem Ungetüm entgegen und tat keinen einzigen Schritt mehr – die zwei Damen im Coupé erhoben sich halb und schrien auf, der Chauffeur arbeitete fluchend mit Händen und Füßen, die Hebel flogen, das Auto schluckte, kratzte am Boden und stand fest – eine Handbreit vor dem kleinen Menschen.

Die Stimmen schwirrten erklärend durcheinander. Die Kutscher der nachdrängenden Wagen reckten sich ungeduldig hoch, was es gäbe. Im nächsten Augenblicke regulierte sich die Passage, suchte einen Abfluss wie ein übertretender Strom, indem sie ausbog. Eine Insel blieb zurück. Der große Schutzmann neigte die eine Schulter, hielt sein Ohr hin, um im Gelärm die Angaben zu verstehen. Er schrieb umständlich, denn seine Hände, die in den engen cremefarbenen Handschuhen anschwollen, waren behindert. Der Chauffeur wollte aufgeregt etwas beweisen, er stieß seine Hand immer in der Richtung nach dem Mädchen hin. Dieses zeigte ein bleiches Gesicht vor einem breitrandigen schwarzen Hute, halb damenhaft, halb kindlich, die blinddunklen Augen rundeten sich in einem wesenlosen Verlassenheitsgefühle. Da bewegte sie sich plötzlich hilfesuchend zur Seite, sie wollte einen kleinen Schritt tun – und nun gab es eine zweite Aufregung. Eine ungeheuerliche Gestalt – eine Mannsperson von auffallendem Gliederbau – schritt mitten durch den Verkehr hindurch – sie kam nämlich von drüben herüber – mitten hindurch, sie brach sich geradezu Bahn, an den Deichseln vorbei, die sie zur Seite riss, dass die Gäule die Köpfe hochwarfen. Eine Droschke, die ihr im Wege stand, drückte sie an den Hinterrädern einfach zur

Seite, stieß sie auf ein anderes Gefährt hinauf. Ein knatterndes Motorrad rannte an, es bremste zu spät, flog zurück und entsattelte seinen Reiter, der sich mithinkend auf ein Bein rettete. Da tauchte die Gestalt in der Insel auf, der Schutzmann kam unvermutet ein gutes Stück seitwärts zu stehen. Es geschah alles ohne weitere Umstande. Das Mädchen sah zu dem Riesen auf, es sagte nichts, aber plötzlich verzogen sich die Mundwinkel und die Augen standen, voll Tränen, voll dicker glitzender Brillanten in den Wimpern. Das Ungeheuer nahm es mit der Faust beim Oberarm und zog es weg. Die zwei verschwanden in der Menschenmenge am Bürgersteig, die plötzlich kehrt machte, sich zusammenballte und weiterrollte – ein dichter verwegener Knoten von Nervensystemen. Zwei Sekunden später erinnerte nichts mehr an einen Aufenthalt. Die Insel löste sich im Verkehre auf.

Die Struktur dieses Verkehres musste dem einzelnen unübersichtlich bleiben. Die Stadt wahrte ihr Geheimnis. Sie war ein eigener Organismus, mit selbständigen Mächten und selbständigem Leben. Der Gehorsam gegenüber ihrer Gesetzmäßigkeit rechtfertigte sich vor dem Individuum in der posthumen Logik persönlicher Motive. In der Schwingungskurve des Verkehres war das Leben der Einzelerscheinung bloßer Grad. Es war das Geheimnis der Stadt so grau, hart und unerbittlich, wie die scharfgeschliffenen Linien ihres Baues. Es wurde unheimlich und lauernd, sobald es irgendwo den Fremdling witterte. Es umschlich ihn auf seinem Gange, es zeichnete ihn mit dem Stempel der Auffälligkeit. Es machte ihn zum Mittelpunkte eines Ringes erregter Nerven. Es isolierte unter der Menge und kündigte sich in einer unbestimmten Erwartung an.

Die Köpfe pendelten auf und nieder, hüpften über das Niveau vor. Über alle hinweg ragte ein blondes Haupt. Unausweichlich wie das Schicksal heftete sich die Neugierde der Menschen an dieses blonde Haupt.

Das Geheimnis der Straße

Am nächsten Vormittage erschien ein absonderliches Paar auf den Trottoirs der Hauptverkehrsader der Stadt. Die Blicke der Menschen umgarnten dieses eine blonde Haupt. Die Augen der Jünglinge liefen scheu um diese Schultern. Es waren die einer Karyatyde, die ihre Pflicht vernachlässigt und den wuchtenden Altan irgendeines Schlosses im Stiche gelassen hatten. Von dort stieg die Verwunderung zu dem kleinen zarten Weibe herab. Vor einem großen breitrandigen Hute, halb damenhaft, halb kindlich, zeigte sich ein kleines Gesichtchen, mit blauen Augen, die ins Unwirkliche sahen. Und diese Augen hatten etwas Seltsames, es waren Pardelaugen, sie besaßen goldene Flecken wie ein Pardelfell. Diese Bemerkung machten die jungen Männer. Die Damen stießen sich an, verlangsamten ihren Schritt, sie unterschieden genau die wirksame Stufung, erstens: des milchweißen Teints mit den Schatten reifer Pflaumen unter den lang bewimperten Lidern, zweitens: des kastanienbraunen dichten Haares, das unter den Schläfen aufgerungen lag in einer schweren, stumpfen, dunklen Spindelmuschel, und drittens: des schwarzen schmucklosen Hutes, der im Nacken saß und noch den geäderten leicht geschwellten Hals reliefierte. Eine helle Matrosenbluse umzwängte in den Hüften bauschig den jungfräulich flachen Wurf der Büste. Dann gewahrte das weibliche Interesse eine männliche Gestalt und einen blond abgeschnürten geheimnisvollen Mund. Alles in Allem eine wohltätige Erscheinung. Die älteren Leute lächelten sanft und gesättigt, oder mit einer welken giftigen Lust.

Sie gingen Hand in Hand. Keiner wusste, wer sie waren. Ihr Dasein bedeutete eine Störung der Symmetrie des Straßenbildes. Sie sammelten die Blicke der Entgegenkommenden, sie zuckten hier und da empfindlich, sie streiften einen Blick ab, der sich wie Spinnenfäden an ihnen verhangen hatte. Die Nachfolgenden überholten sie mit halb zugewandtem Gesichte und ließen ihre Neugierde unauffällig über sie hingleiten. Hin und wieder erlaubte sich ein Auge, bekannt zu tun. Seltsam! Die wortlose Mythe der Neugierde fädelte Erwartung und Auslegung an eine dünne Ahnung von Ereignisvollem und verknüpfte die beiden Menschen mit fremden Nerven.

Der Vormittag bekam einen schnelleren Takt. Er näherte sich der Mittagspause. Gleichmäßig grau flutete das Licht von den hart vorgestoßenen duldsamen Stirnen der Häuserblöcke herab. Auf den metallenen Beschlägen und blanken Dingen lagen langgestreckte weißliche Scheine; mit den Gehenden glitt es auf und nieder, fuhr plötzlich hurtig ringsherum, huschte hin und her. Das Glas überzog sich mit feinem Dampfe und spiegelte. Hinter den Scheiben bewegte sich ein gespenstiger Zug körperloser Gestalten. Mitten in diesen Leibern lebten plötzlich Gegenstände auf. Die Erschütterung der feuchten Atmosphäre verletzte noch härter denn sonst das ungewohnte Ohr.

»Irmelin«, sagte ein großer blonder Mann liebevoll zu einem kleinen Mädchen. Er streichelte ihr Gesicht. Angesichts der ganzen Straße tat er es. Irmelin sah flüchtig auf. Es war keine deutliche Steigerung der stetigen Wärme, in die seine Anwesenheit sie einhüllte. Solch ein Blick war die Elastizitätsprobe ihres andauernden Aufeinanderwirkens. Und weg flogen ihre Augen. Sie sahen durch die Menschenmenge hindurch, über alle Hindernisse hinweg. Nur das Fixe, Fertige interessierte, es waren keine Augen, die die Bewegung der Augenblicke zu einem angenehmen Eindruck gruppieren konnten. Sie sahen über das Leben hinweg und suchten nach seinen Erfolgen. Suchten in den Auslagen, wählten in den Arrangements. Da entdeckten sie etwas. Irmelin zog den Blonden mit. So gingen sie von Auslage zu Auslage. Je, rief Irmelin gerührt aus. Gierig stürzten ihre Augen sich in Schönheit, badeten sich in Glanz, Dichtwerk und Buntheit. Ein Gefälle phantastisch roter Seide, ein zerwühlter Sprudel von Bauschen, Pludern, Falten, ein Schauer von Lichtern, Abglanzen, sprunghaft schillernden Reflexen ergoss sich von der Höhe einer aus Kartonballen aufgeschichteten Wendeltreppe herab ins Parterre der Auslage. Andere Stoffe waren ausgebreitet wie eine Handvoll Karten, schlugen ein Pfauenrad, wuchsen säulenhaft empor, schwangen in monumentale Schleifen aus. Sie gaben eine bestechende Fülle von Erfindungsgeist ab, eine verblüffende Neckerei von Farbenspitzfindigkeiten. Unter dem ganzen Jubel aber verhielt sich etwas exklusiv, in einem Winkel gelagert saß dort eine hohle lockere Stoffpyramide. Ein Schal mit Fransen, violett, dunkel wie zersetztes Blut, apfelgrüne Herzen mit verbogenen Spitzen und ziegelrote Winkelhacken, beliebig eingewürfelt. Irmelins Herz schlug schneller. Ihr Atem holte tiefer aus, sie schluchzte, es war, als löste der Anblick etwas im Zwerchfell. Irmelin und der Mann, sie gingen beide in das Geschäft. Als sie zurückkamen, hielt Irmelin ein Paket in den Fäusten, das der Mann ihr abnahm. Sie traten noch einmal vor die Auslage, Irmelin wollte es so. Der exotische Schal war weg, Gott sei Dank und natürlich, denn er musste ja eine Individualität sein, die entblößte Stelle sah bitterlich einsam her. Aber nun schien alles andere noch einmal so schön und doppelt begehrenswert. Unaufhörlich rauschte die phantastisch rote Seide und brandete mit ihren schweren Wellen gegen das Fensterglas.

Was es für Dinge auf der Welt gab! Irmelin mochte sich die Perlen um den Hals legen und die Vasen und Statuetten daheim auf dem Nachtisch oder auch auf der Kommode stehen haben. In den Läden waren Bilder ausgestellt, nach denen sie eiferte. Ihr Großer kaufte das eine, es stellte zwei nackte Kinder dar, Bub und Mädel. Standen die zwei an einer flachen Küste, strampelnackt und possierlich stämmig, Hand in Hand und mit dem Rücken gegen den Beschauer guckten sie in die Sonne, die über einem spielenden Meere aufging. Irmelin dachte gleich weiter. Sie putzte sich ihr Zimmer auf, das in der Stadt natürlich, alles andere musste sich geben. Vor einem großen Hute machten sie Halt. Er war schön und hatte eine breite Krempe, wenn er auch nicht für Irmelin bestimmt war. Die Reiherfeder strählte und rümpfte sich stolz, man musste ihr Sklave werden. Zugleich wirkte der Hut, als ob sein ebenbürtiger Träger schon darunter stünde, soviel Persönlichkeit hatte er. Die Hälfte der Reverenz galt schon nicht mehr ihm, sondern seinem Geschöpfe. Und wieder kamen Stoffe und Tücher und Kleider. Sie fühlten sich schwer und dicht, gediegen an vom bloßen Betrachten. Die Kleider hatten befremdliche Formen, einschmeichelnde Linien. Nachdem sie sich lebensvoll geschwungen hatten, verloren sich diese Linien plötzlich, man wusste nicht wohin. Man musste von vorne beginnen und immer wieder staunen, angenehm erschreckt und seltsam berührt. Denn man war auf sie angewiesen und hatte Sehnsucht nach ihnen, wie nach einem treulosen Geliebten, der auf und davon geht, ohne ein Wort des Abschieds. Grad der sollte es sein. So gings mit der Linie. Immer wieder kostete Irmelin diesen Wundern nach.

Kein Zweifel, im Grunde war die Welt überall ein Garten und Irmelin war Königin darin. Sie erinnerte sich an etwas phantastisch Rotes, an ein Geschleuder von Seide oder dergleichen, und in der Tat, sie hatte dabei ein königliches Gefühl. In den Auslagen wuchsen herrliche Dinge. Es war gut, dass Irmelin doch auch diese Seite des Lebens zu sehen bekam. Sie zürnte, weil man sie beinahe hatte daran verhindern wollen. Gleich darauf aber wusste sie, dass sie allen Grund hatte, dankbar zu sein. Sie drückte die große wohlbekannte Männerhand. Mehrmals kreuzten sie die Straßen. Ängstlich und vertrauensvoll hing sie an seinem Arm.

Das Aufsehen, dass die beiden erregten, wuchs. Es war 12 Uhr. Das Gedränge wurde heftiger. Schulen, Bureaus und Geschäfte schwärmten aus, es war eine schrittweise Durchdringung wie von Flüssigkeiten. Das Geschrei hob sich, der Lärm wurde heller. Die Leute schrieen ohne Grund. Das zurückgehaltene Bedürfnis nach geselliger Lust kam zu seinem Rechte. Die Blicke waren nicht mehr behutsam, sondern frech und unverhüllt. Hier und da fiel eine gutgelaunte Bemerkung. Die Schultern des blonden Riesen enthielten um diese mittägliche Stunde keine so imposante Drohung mehr. Der Hunger spannte die Nerven. Der Magen feierte und stellte seine Kräfte anderweitig zur Verfügung. Die Leute stürzten aus den Häusern, die Frage stand ihnen in Augen und Stirne, sie machte sie aufmerksam und empfänglich, veranlasste sie, jede Gelegenheit in ihrer Bedeutung zu übertreiben. Worte wurden aufgefangen und fanden eine erregte Deutung. Was gibt es Neues? lauerte die gierige Frage. Ist etwas geschehen? Wird etwas geschehen? Es war allen klar, bevor sie noch zu ihrer Suppe kamen, musste etwas geschehen sein.

Und es geschah. Die Stadt forderte ihr tägliches Opfer. Die Erwartung der Menschen wurde erfüllt. Das Geheimnis, das hinter dem Verkehre steckte, fand seine Lösung. Das Leben der Stadt verengte sich. Die Auflösung aller ihrer Motive spitzte sich nach dem einen Ton zu. Der Rythmus des Verkehres steuerte auf den einen bedeutungsvollen Takt hin, die Schwingungskurve näherte sich ihrem höchsten Gipfel. Es war die Stunde, da alle die unbewusst Eingeweihten sich erkannten. Sie gingen nach Hause, aßen nichts, sie nahmen die Zerschmetterung mit für eine Stunde, einen Tag, eine Woche. Neben dem Schüttelfrost des Grauens wahrten sie die Wärme des eigenen Lebensbewusstseins. Acht Tage lang gewann das Leben, das in der engen Weite der Stadt an Auszehrung litt, das grau, öde und abgeschmackt war, wieder an Wert. Morgen, übermorgen, nach sieben Nächten treten sie wieder mit der gleichen Frage an dieses Leben heran, dass es sich rechtfertige.

Da schritt sie hin, die Hyäne der Sensation. Ihre Schnauze lechzte nach Beute. Wohin sah sie durch der Menschen Augen? Das Interesse, der Unglücksvogel, flatterte um seine Opfer. Der Mob der Neugierden ging auf die Jagd, er spielte den Zutreiber. Ein lächerlicher Umstand war es ja, an den sich das Verderben knüpfte. Ein grinsendes Gesicht in der Menge, ein boshafter Gedanke in einem vielleicht nur abenteuerfrohen Kopfe, die verführerische Zudringlichkeit des Publikums, sie schufen hier das Unglück. Das spurlose Verschwinden des Mädchens war ja absurd. Sie war klein, freilich, aber darum war der Große umso größer und sah über die Köpfe der Anderen hinweg. Sie konnte nicht mehr als ein paar Schritte von ihm entfernt sein. Denn nur eine Hauslänge und die Straße hörte auf - - -

Weg war das Mädchen und nicht mehr zu entdecken. Als der Große sich allein fand, reckte er sich noch höher, sah rund herum und fahndete nach einem großen Hute. Nichts war zu sehen, ein paar solcher Hüte gab es wohl, aber das war nicht sie. In der fürchterlichsten Spannung verzog er das blonde Gesicht zu einer Grimasse von Angst und Hast. Jetzt war da das arme kleine Geschöpf hilflos der Unverschämtheit preisgegeben. Es wurde vielleicht belästigt, geriet in einen Knäuel, wurde geschunden und getreten, und es ging nur scheu mit und seine blauen Augen suchten hilferufend nach dem Retter. Verfluchte Herde! Da prallte er in der Menge mit einem Gesichte zusammen, einem schaden-frohen Gesichte. Das Gesicht wandte sich ab, sah in der Richtung der Straße zurück, und wiederholte das Spiel. Es bemühte sich angestrengt, fein und wissend zu lächeln, das misslang, es grinste bloß. Der Inhaber hatte etwas zu dem Falle zu bemerken, er konnte Aufklärung geben, da war kein Zweifel, aber aus Diskretion mischte er sich nicht in anderer Leute Sachen, zumal wenn sie etwas peinlicher Natur waren. Dem Großen dämmerte es auf. Er fuhr herum und rannte die Straße zurück, untersuchte jede Auslage bis zum Fußboden herab und forschte hinter jedes Mauseloch an den Häuserfronten. Als er drei, vier Häuser weit gerannt war, kam ihm die Sache bedenklich vor und er blieb stehen. Vier Häuser vor ihm mündete die Straße in eine andere. Teufel noch einmal! An diesem Kreuzungspunkte war der Verkehr lebensgefährlich – –

Geschrei, Gebrüll – Schreie, Signale eines elektrischen Trains. Dann Taubheit, alles ging auf Filz dahin. Von den Seiten rannte es zusammen, schwärmte aus, die Straße füllte sich mit springenden, hopsenden Ge-stalten, schiefen Körpern, hackigen Knien. Also! Da war es. Es war wie eine Erleichterung für alle. Der Große wirbelte über die Straße, verlor seine Pakete, verlor seinen Hut, die ganze Straße hinter ihm her. Er war total nüchtern und froh. Er hatte nur eine Tatsache vor sich. Kein Ge-danke weit und breit.

Die behuteten Köpfe standen so dicht wie ein Krautacker. In einer der letzten Reihen sah er seinen Mann von vorhin. Er sah ihn von hinten und sah nur ein Stück von ihm, aber er erkannte ihn sofort, an irgend etwas am Halse, oder an einer Bewegung, oder sonst irgendwie, aber er erkannte ihn unfehlbar. Im Vorübereilen holte er mit der geball-ten Faust aus und schlug ihn mitten auf den Schädel, von oben nach unten. Der Mann rührte sich nicht viel, er seufzte nur und senkte den Kopf, während der zugerichtete Hut auf den gepferchten Schultern liegen blieb. Als die Masse durch eine Bewegung locker ließ, glitt er wie ein

Sack zwischen Vordermann und Hintermann zu Boden. Es entstand eine Panik, niemand wusste, wie das gekommen war, denn alle hatten die Augen vorne. Die Leute schrien und stoben auseinander. Der Große nahm einen Anlauf und ging wie ein Schuss durch das Bollwerk von Menschen durch. Ein paar Personen flogen auf den freien Platz hinaus, der sich um die Unglücksstätte gebildet hatte. Entsetzt drängten sie wieder zurück.

Der Waggon, entleert, stand sichtlich schief von etwas, das darunter lag. Dieses etwas lag ganz und gar unter der Last begraben. Herüben stand die Masse und drüben stand die Masse, über den Köpfen bewegten sich ein paar heftig gestikulierende Pickelhauben. Der Motorführer, ein dicker kleiner Mann, zeigte ein gelbes, blutloses, unrasiertes Gesicht. Sein Rock war mit Brocken und Speiseteilen beschmutzt, er übergab sich, denn vor seinen Augen war die ganze Sache vor sich gegangen. Der Kondukteur stützte ihn. Krampfhaft warf er den Oberkörper nach vorne und würgte an einem Erstickungsanfalle. Mehrere Frauenzimmer waren ohnmächtig geworden. Die eine lag über einer Baumböschung, ein Herr kniete daneben und klatschte ihr auf Stirn und Wangen. Ein junger Mensch mit feinen Nerven, der nicht schnell genug den wenig geheuren Waggonboden unter seinen Füßen weggebracht hatte, ließ sich auf das Gesäß fallen, zappelte jämmerlich mit den Beinen und stieß einen Schwall sinnloser Worte hervor. Einige aus der Masse bückten sich, um unter den Wagen zu spähen, man sah jedoch nichts als einen Fetzen weißblauen Zeugs an der Schutzvorrichtung, das von einer Bluse herrühren mochte. Vor dem Vorderrade lag ein großer Hut samt verbogenen Nadeln und einigen wenigen dunklen Haaren, die unten blutig waren.

Der Große trat vor, da wurde es still. Vielleicht erkannten ihn manche. Man hörte - war es Einbildung - wimmern. Hört ihr, sagte einer und alle vermeinten es zu hören. Der große Blonde lächelte. Es war auch lächerlich. Da drunten sollte ein Mensch liegen, ein kleiner Mensch mit blauen Augen - das war lächerlich. Lächerlich war es, dass der Wagen so schief stand. Dass er tat, als läge jemand drunter. Ein plumper Schauspielertrick. Wie komisch. Warum stand er denn so schief? Er hatte doch kein Recht so schief zu stehen. Es war so etwas eigenes daran, dieser ein wenig gehobene Waggon, dieser Kasten mit der albernen Absicht, gleichsam eine schiefe Stellung in den Augen der Leute einzunehmen war höchst geschmacklos. Aber doch, es sah so seltsam her –

was war denn das für ein schlechter Witz von diesem dreckigen Wagen
–

Aber plötzlich – jetzt hörte er es ebenfalls wimmern, er glaubte die Stimme zu erkennen, aber das war alles so unwahrscheinlich – da unten, da unten – der Mann schlug die Hand vor die Stirn und stieß einen Schrei aus. Er schrie: »Irmel– « Die Leute, die ihn hörten, zitterten, so grässlich war dieser Schrei. »Gehören Sie denn dazu?« fragte man. »Nicht gemuckst hat sie«, erzählte eine Stimme, »nur dagestanden ist sie.«

Und nun ging es plötzlich los. Die Hintenstehenden drängten vor, sie stellten sich auf die Fußspitzen, um ein Stück von dem Unheil zu erhaschen. Die Vornestehenden aber konnten es nicht länger mitansehen, sie wollten fort, das ging nicht mehr, und auf einmal wurde die ganze Menge verrückt und begann aufeinander loszuschlagen. Es entstand ein schauderhafter Wirrwarr, keiner wusste, was eigentlich los war und was der andere wollte. Der Riese hatte nämlich gerufen: »So befreit sie doch – so helft doch!« Die Wache und einige der Zuschauer hatten ihn hindern wollen, aber mit einer Bewegung seines Armes hatte er sie alle niedergemäht. Als er frei war, griff er mit den Händen ins Gestänge unten bei der Radachse und stemmte die Stirne gegen die Wand. Ein Ruck und noch einer, währenddessen er den Griff nach unten wechselte – er hatte den Waggon bis zu den Knien gehoben. Sein Kopf war blau und seine Schultern tief herabgezogen, er stöhnte und ächzte. Unter dem Wagen, in die Achsen geklemmt, lag ein blutiges Bündel, klebte dort an dem Unterteil des Wagens. Zerfetztes Tuch, Wäsche, blutig, schmutzig, weggezerrt, ein paar nackte Schenkel, blühendes weißes Fleisch, aber bleich, mit schwarzen Strümpfen über den Waden und roten Strumpfbändern. Brust und Kopf waren ein rotes grausiges Etwas, ein Gewimmel von Fleisch und Hautstücken. Als die Last hochging, warf sich der ganze Körper zuckend herum. Die Leute schrien und drängten zurück.

Die Wache stürzte sich auf den Riesen, riss ihn an den Armen zurück. Der Wagen entglitt ihm, kam nieder, donnerte, kreischte und klirrte, die Scheiben brachen. Der Mann taumelte, seine Hände waren zerfleischt, seine Augen blutunterlaufen. Gleich darauf gluckste es unter dem Waggon, es klang harmlos, wie von einem brütenden Huhn. Eine Lache Blut kroch unten hervor, ließ sich in die Schienen herab und schoss eilig davon. Saugte sich durch den Pferdemist, der ihr den Weg verstopfte und trug Papierschnitzel weg. Mit Staub und Mergel vermengt brannte sie durch, obenauf schwamm unverdaute Haferkleie. Die Leute flüchteten. Der junge Mensch mit den nervösen Sohlen begann wieder jämmerlich zu quieken und zu zappeln. Das gellende Pfeifen der Ambulanz kam näher. Es war ein schrecklicher, fremder Augenblick. Das war zu groß und grausig, um Mitleid anders zu empfinden, vielmehr spürten alle eine Art Neid zu dem malträtierten Geschöpfe unter dem Wagen, weil es so weit über ihnen stand durch seine Qualen, sie fühlten die Autorität einer Erfahrung, von der sie ausgeschlossen waren. Das blutige Bündel Mensch ward etwas Fremdes, Mächtiges, vollführte eine Existenz in einer anderen unbekannten aber gewissermaßen höheren Sphäre. Dem großen Blonden fiel ein, dass er nicht helfen konnte, er empfand Eifersucht, es war ein Betrug an ihm, dass er nicht mit in dem blutigen Geheimnis sein sollte. Er warf die Wache zurück, es entspann sich ein kurzer Ringkampf. Die drei Schutzleute flogen nach allen Seiten auseinander. Von seinen Händen tropfte Blut. Unmenschlich brüllend, toll, warf er sich mit der ganzen Wucht seines ungeheuren Leibes gegen den Wagen, dass die Planken rissen. Er griff mit den Händen zu. Die Achsen knirschten, das Coupée neigte sich, der Mann weinte, die Augen traten aus den Höhlen, der Kopf schwoll violett an, die Nähte an den Kleidern sprangen. Dann kippte der Wagen um und ging vollständig in Trümmer, und mit ihm stürzte der Mensch. Erde und Luft zitterten wie von einer Explosion, ein betäubender Knall, ein Geprassel, eine Salve von Raketen und ein donnernder Nachhall von eisernen Balken, metallenen Splittern – dann war es mäuschenstille. Wüh! Wüh! Die Ambulanz lenkte um, graziös, und bog ein. Es öffnet sich eine Gasse. Geräuschlos fuhr der federleichte Wagen an die beiden Leichen heran. Der Mann lag mit dem Gesicht zwischen den schwarz bestrumpften Füßen des kleinen Weibes. Sie waren von dem Blut aus seinem Munde gerötet. Es war sein letzter verhauchender Kuss. Sein mächtiger Körper sah jetzt viel kleiner aus, er lag schlaff und eingeschrumpft. Die kindlich weißen, verbluteten Schenkel des Mädchen, entblößt unter der weißen und weggezerrten Wäsche, waren hochzeitlich geöffnet. Als man die beiden aufhob und die Wache das Publikum zurückschob, rasselte ein Train der Feuerwehr heran.

Angesichts der beiden zerschlachteten Leiber setzte sich der junge Mann mit den feinen Nerven hurtig wieder aufs Gesäß und zog sich die Schuhe aus. Er war nicht zu bewegen, aufzustehen. Beim ersten

Schritte wäre er ja auf lebendiges Fleisch getreten. Man schnallte ihn an eine Bahre und trug ihn fort.

Die Menge floss ab. »Nicht gemuckst hat sie«, sagte einer. »Dagestanden ist sie nur und hat geschaut wie ein Lampl –«

»Ach, Gott ja«, sagte ein Weib. »Mit meinen eigenen unseligen Augen hab ichs mit angesehen. Und gekannt hab ich sie noch dazu. Die Mutter! Es ist etliche Jahre her. Ein Kind war sie fast noch. *Anna* hat sie geheißen – –«

Biographie

1887 *29. Oktober:* Robert Müller kommt als Sohn des Beamten Gustav Müller und seiner Frau Erna Herzfeld in Wien zur Welt. Über seine Kindheit und Jugend ist kaum etwas bekannt.

1909 Müller bricht das Philosophiestudium ab und reist seinen eigenen Angaben zufolge nach New York, wo er sich mit verschiedenen Tätigkeiten finanziert. Andere Quellen geben an, er hätte sich in einer Psychiatrie behandeln lassen.

1911 Rückkehr nach Wien, wo er sich dem »Akademischen Verband für Literatur und Musik in Wien« anschließt.

1912 *22. März:* Karl Mays letzter Auftritt im Wiener Sophiensaal wird von Müller organisiert.

Tätigkeit für die »Prager Presse«.

1912–1913 Erste Veröffentlichungen von Essays, Prosa und Lyrik in den Zeitschriften »Der Ruf« und »Brenner«.

1913 Müller regt die Zusammenstellung einer Anthologie frühexpressionistischer Wiener Lyrik an, die unter dem Titel »Die Pforte« erscheint.

1914 Veröffentlichung von verschiedenen Essays in der Sammlung »Was erwartet Österreich von seinem jungen Thronfolger« sowie der Erzählung »Irmelin Rose. Die Mythe der großen Stadt«.

Müller gründet die Zeitschrift »Torpedo«, von der jedoch nur eine Ausgabe erscheint, die wiederum als einzigen Beitrag sein Pamphlet »Karl Kraus oder Dalai Lama der dunkle Priester, Eine Nervenabtötung« enthält.

Er meldet sich als Kriegsfreiwilliger, doch seine Begeisterung schlägt bald in Pazifismus um.

1915 *August:* Bei einer Granatenexplosion an der Front erleidet Müller einen Nervenschock. Veröffentlichung des Romans »Tropen, Der Mythos der Reise, Urkunden eines deutschen Ingenieurs«.

»Macht. Psychopolitische Grundlagen des gegenwärtigen Atlantischen Krieges«.

1916 »Österreich und der Mensch. Eine Mythik des Donau-Alpenmenschen«.

1916/17	Müller berichtet für die »Belgrader Nachrichten«. Veröffentlichung von »Europäische Wege im Kampf um den Typus«.
1917	»Die Politiker des Geistes, sieben Situationen«.
1917/18	Mitarbeit beim Kriegspressequartier in Wien. Der Essay »Die Zeitrasse«, von Einsteins Relativitätstheorie beeinflusst, wird veröffentlicht. Gründung des Geheimbunds »Die Katakombe« für pazifistische Intellektuelle.
1918/19	Müller gründet den »Bund der geistig Tätigen«, der die Zeitschrift »Der Strahl« herausgibt.
1919	Herausgabe der »Österreichisch-Ungarischen Finanzpresse«. Gründung der Verlagsbuchhandlung »Literaria«. Zudem wird Müller Redakteur der Zeitschrift »Die neue Wirtschaft«. Die Novelle »Das Inselmädchen« erscheint.
1920	»Der Barbar« (Roman) und »Bolschewik und Gentleman« (Essay).
1921	Der Roman »Camera obscura« erscheint.
1922	»Flibustier. Ein Kulturbild« (Roman). Müller wird Herausgeber der Zeitschrift »Die Muskete«.
1923	Veröffentlichung des Essays »Rassen, Städte, Physiognomien. Kulturhistorische Aspekte«.
1924	*Januar:* Gründung des Atlantischen Verlags. *27. August:* Nach einem rastlosen und durch viele Enttäuschungen gekennzeichneten Leben begeht Müller im Alter von 37 Jahren Selbstmord (er schießt sich mit einem Revolver in die Brust).